書下ろし

初湯満願　御裏番闇裁き

喜多川 侑

祥伝社文庫

演目

神田川
回向院
竪川
馬喰町
大川
横川
浜町二丁目
天保座
富沢町
梅乃湯
芝居茶屋
道楽楼
小名木川
日本橋
高縞屋
深川
『初湯満願』の舞台

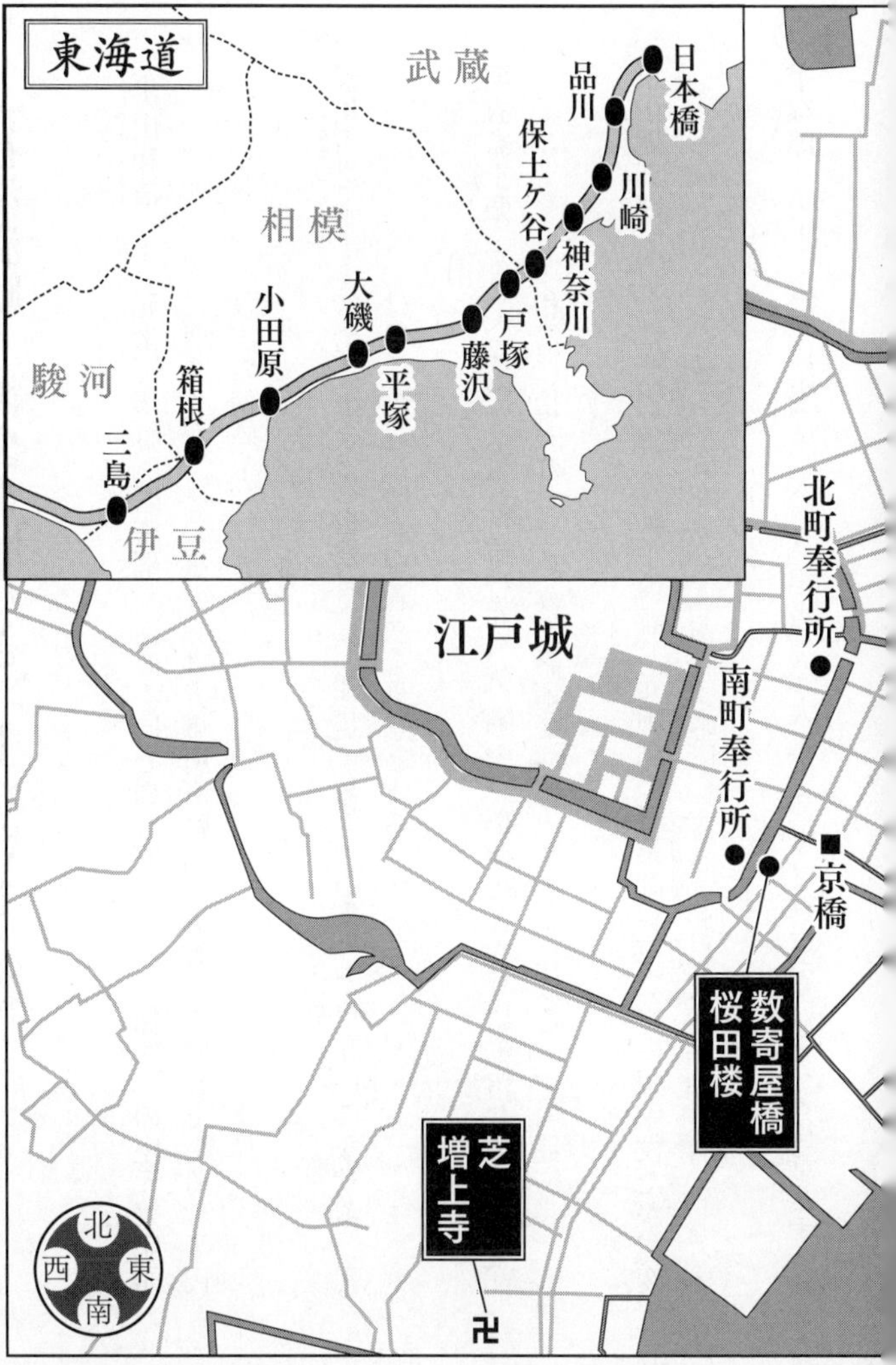
東海道
武蔵
相模
駿河
伊豆
日本橋
品川
川崎
保土ケ谷
神奈川
戸塚
藤沢
平塚
大磯
小田原
箱根
三島
江戸城
北町奉行所
南町奉行所
京橋
数寄屋橋
桜田楼
芝
増上寺
北
西
東
南

『初湯満願　御裏番闇裁き』主な登場人物

東山和清《ひがしやまかずきよ》……元南町奉行所隠密廻り同心。同心株を売却し『天保座』の座元兼座頭に収まるが、その裏の顔は大御所直轄『御裏番』の頭目である。半円殺法の使い手。

瀬川雪之丞《せがわゆきのじょう》……『天保座』の看板役者。七変化、女形、宙乗りと自在にこなせる。元は甲賀の忍びで空中殺法を得意とする。

羽衣家千楽《はごろもやせんらく》……『天保座』の老役者。元人気噺家《はなしか》。偽薬の辻売りに転落していたが、和清に拾われる。巧みな話術で、悪人を手玉に取る。

市山団五郎《いちやまだんごろう》……『天保座』の二番手役者。元両国の軽業《かるわざ》師。雪之丞の相手役だが、変装の達人で、年増に人気がある。口説きの腕は天下一品。

半次郎《はんじろう》……『天保座』の大道具担当。元大工。仕掛け舞台を作るのを得意とする。

松吉《まつきち》……『天保座』の小道具担当。元花火師。火薬の扱いに長《た》ける。

お栄《えい》……『天保座』の隣で芝居茶屋『道楽楼』を営む。元女博徒。

お芽以《めい》……『天保座』の結髪《けっぱつ》。千楽の娘。櫛《くし》と簪《かんざし》による秘技をもつ。

なりえ……元御庭番。徳川家斉の隠し子。『天保座』の大道具見習だが、本来の役目は市中の噂収集と仕置き相手の素性探索。

筒井政憲《つついまさのり》……南町奉行。世情に通じ、人々に敬愛される名奉行。大御所家斉の懐刀として、『御裏番』創設に尽力。

徳川家斉《とくがわいえなり》……大御所。十一代将軍。大御所として幕府転覆を企てる者たちに目を光らせ、本丸の御庭番に対抗するため南町奉行筒井政憲に、密かに「御裏番」を創設させた。

地図作成／三潮社

第一幕　初湯

一

「への五十九番」

錐《きり》の先についた木札を掲《かか》げて、半裸の若い衆が声を張り上げた。

湯津大当寺《ゆづだいとうじ》の境内《けいだい》にどよめきの声があがる。

ほとんどが落胆の声だ。

「なんだ『屁《へ》っこき』かよ。そんな札で当たっても嬉《うれ》しくねぇぜ。臭くて運が逃げちまう」

松之助《まつのすけ》は懐《ふところ》に手を入れたまま、白い息を吐いてせせら笑った。

すでに半刻（約一時間）が経《た》っているが、買い込んだ富札《とみふだ》はまったく当たらない。こうも当たらないと、来たるべき年が不運なのではないかと疑ってしまう。

「そうですよ、若旦那。町火消いろは四十七組にだってへ組はねぇんでござんす。富籤《とみくじ》にへ番とは、大当寺も、舐《な》めてくれたものでござんす。へぇ、わっしが屁を一発こいて、吹き飛ばしてやります」

太鼓持《たいこも》ちの庄助《しょうすけ》が、本堂に尻を向けて裾《すそ》を端折《はしょ》った。

「おい、やめろ。寝不足のときのおめえの屁は本当に臭いんだ」

松之助は庄助の尻を膝《ひざ》で蹴《け》った。おっとと、と庄助がつんのめる。手にしていた風呂敷《ふろしき》包みが揺れてかたかたと音を立てた。購入した富札の束が入っている。

天保《てんぽう》九年（一八三八）師走《しわす》（十二月）二十八日。

湯島《ゆしま》と根津《ねづ》のちょうど真ん中の辺りにあるこの寺で、富籤の抽選が行われていた。来年で在位二周年を迎える第十二代将軍、徳川家慶《とくがわいえよし》公の奉祝富籤である。

本当たり百番突きだ。

当たりが百枚あるのだから、二十枚も買えば、ひとつぐらい当たりそうではないかと、松之助も庄助も固唾《かたず》をのんで見守っているのだ。

それも二十一節ごとに褒美《ほうび》金は跳ね上がる。

のっけの一番札突きの褒美金は三百両（約三千万円）だった。

凍《しば》れる日にもかかわらず、突き手の若い衆は諸肌《もろはだ》脱ぎに清めの水を被《かぶ》り気合を入れ、錐の付いた棒を木箱に刺し込んだ。

歓声があがったが、当たった者がここにいたのかどうかはわからない。

それから五回目ごとの節目に十両（約百万円）、十回目ごとに二十両（約二百万円）が当たる。

五十回目がちょうど中入りの節目の特突きで二百両（約二千万円）。

百回目は突き止めということもあり、大盤振る舞いということで千両（約一億円）というばかでかい褒美金が出されることになっていた。

一枚八百文（約二万円）の富札が千両に化けるのだから、そこには一攫千金《いっかくせんきん》の夢がある。松之助のように何枚も購入する者もいれば、一枚の札を数人で金を出し合って買う人々もいる。これを割り札という。

突き手は三人。十回ごとに替わった。

節をのぞいた回は平《ひら》と呼び、一両（約十万円）と決まっている。

たったいま引かれたへの五十九番は四十八回目の突きなので平だった。

「一両なんかどうでもいいやね。五十番目の節目でいただくさ」

松之助は顎《あご》を扱《か》いた。少し飽きてきたところだ。

本音を言えば褒美金の額などどうでもいい。

刺激が欲しいだけだ。

——退屈でたまらない。

松之助は日本橋《にほんばし》の老舗《しにせ》呉服店『高縞屋《たかしま》』の跡取り息子で、来年は十九になる。五歳の頃から読み書き算盤《そろばん》は優秀で、旗本の家から養子縁組の話が何度もあったほどだ。

父の定吉《さだきち》は、どれだけ大身《たいしん》の旗本であっても意に介さなかった。

松之助としては、いずれ高縞屋の跡継ぎとして育てられているのだと自覚し、勉学に励んでいた。

十五を過ぎる頃になると、手習所《てならいどころ》で一緒だった商家の同輩たちは、ぼちぼち、他家に奉公に出されるようになった。将来、店の主人《あるじ》になるためには、まずは他家で厳しい修業をするというのが、商家の嫡男《ちゃくなん》に課された宿命だからだ。

実家では番頭や手代《てだい》も気を遣《つか》い、甘く育ってしまうからだ。だいたい五年で実家に戻るが、そのときには帳面付けや手代の差配の仕方など、商《あきな》いに必要なさまざまをひと通り身につけていることになる。

ところが父は松之助を奉公に出そうとはしなかった。

それどころか、二年前、一歳下の次男の梅次郎《うめじろう》を同業の『伊勢丸屋《いせまるや》』へ奉公に出したのだ。

――どういうことだ？

反発したい気持ちもあり、松之助はその頃から悪所通いを始めた。花街はもとより、賭場《とば》にも顔を出すようになる。

父は怒らなかった。むしろ『遊んで商売を覚えなさい』と奨励《しょうれい》してくる始末だ。わざわざ遊びに指南役として幇間《ほうかん》の庄助を付けてくれもした。

はじめは、大店《おおだな》を仕切る主人にするためには、そういう育て方もあるのかと思ったが、どうも違う。

『おまえは遊んでいればよい。店は梅次郎が仕切るから、松之助は早々に若隠居なさい』

というふうに聞こえた。

母のお春《はる》も近頃は、

『松之助には、風流人への道が合っているのではないでしょうか。そのほうが金勘定などをするよりも、よほど価値のある人生かもしれませんよ』

などと言ってくる。嫁を娶《めと》る話は、この母がすべて潰《つぶ》しているようだ。

高縞屋はもともと母の実家である。父の定吉は手代上がりの婿《むこ》なので、商売そのものには精を出しているが、家そのものは母が仕切っているようにも見える。

奉公に出ている梅次郎だけが、松之助を気遣ってくれる。

ではなぜ、母も父もこの松之助を商いの道から外そうとしているのか納得できない。

『跡取りはあくまで兄さんですから。あっしは、裏方に徹して手助けしますので、心配なく』

藪入《やぶい》りで帰って来たときに、わざわざそんなことを言って帰った。松之助に比べて体も気も弱い弟だったはずなのに、二年の間にずいぶん逞《たくま》しい体になり、いかにも商人《あきんど》らしい温和な物腰と鋭い眼光が備わり始めている。

やはり商いは座学だけではだめだ。実践してこそ身につくものだ。

風流もいいが、松之助は自分の境遇になにか満ち足りないものを感じていた。

「つの三十二番」

若い衆が新たな当たり札を引きあげた。

あちこちからため息が漏れる。

「ちぇっ、かすりもしねぇ」

「ここで一服でござんしょう」

五十番目の大当たり二百両を前に、四半刻《しはんとき》（約三十分）の休憩が設けられるようだ。

「焦らしやがる」

本堂の脇に寿司、天《てん》ぷら、団子などの屋台が並び、その奥では手妻《てづま》や曲芸が演じられている。縁起物の達磨《だるま》や、来年の暦《こよみ》などを売っている屋台もあった。

松之助は曲芸を見て暇を潰すことにした。

赤い頭巾《ずきん》の芸人が大きな玉に乗りながら、両手にもった一間《けん》（約一・八メートル）ほどの棒で皿をくるくる回しており、その横では、手妻師が賽子《さいころ》を使った芸を披露していた。

台の上に賽子二個を置き、それに湯呑《ゆのみ》茶碗で蓋《ふた》をする。短い念仏を唱え、湯呑を開けるとまったく違う数字に変わっているという芸だ。

「当たり前すぎて、つまらねぇや」

台そのものに仕掛けがあるのは見え見えだ。

「そうでげすねぇ」

さすがに庄助もうんざりした顔だ。

と、そのとき曲芸師が乗っていた玉が、松之助に向かって飛んできた。思い切り顔に当たる。

何があったのか咄嗟《とっさ》にわからなかった。松之助はひっくり返った。

曲芸師はいったん宙に飛び、すぐに地面に叩《たた》きつけられている。

「てめえら、誰に断ってここで商売しているんだ。ぁあっ？」

やくざ者同士の縄張り争いのようだ。

「若旦那。まずいっす。逃げましょう」

「いやいや、本物の喧嘩《けんか》ほど面白いものはないよ。庄助、見物しよう」

松之助は起き上がり、着物についた土を払い、達磨売りの屋台の脇に退《ひ》いた。

江戸では喧嘩は娯楽のひとつだ。それが証拠に、やんやの喝采《かっさい》を上げて人が群がってきた。

「わっちらは荒神《こうじん》一家に銭を納めて、ここに縄をはらせてもらっていますが」

赤い頭巾が脱げて禿《は》げ頭を晒《さら》した曲芸師が、地面に張った麻縄を指差して言っている。間口二間、奥行き五間ほどの陣地を与えられているのだ。

「俺たちは雷風《らいふう》一家だ。この界隈《かいわい》は荒神一家の庭だが、この寺で盆《ぼん》を上げているのは俺たちだ」

これはややこしいことだが、的屋《てきや》と博徒《ばくと》の一家が相互に縄張りを張っていることはよくある。遊び人である松之助はその辺のことにも精通していた。

思った通り、山門の脇に固まっていた博徒の荒神一家の若い衆が駆けつけてきた。

「面白いことになるぜ」

松之助は目を輝かせた。

「やいやい、雷風の若造よぉ。本堂で盆を上げたわけじゃねぇんだ。売《ばい》はこっちの仕切りだろう」

荒神一家の若頭風の男が、着物の裾を捲《まく》って怒鳴った。後ろに続く十人ぐらいの若い衆も棒切れを手に勢い込んでいた。

『盆』は博徒。

『売』は的屋。

同じやくざでも稼業で棲《す》み分けている。

互いの領分を侵すことは許されない。

「てやんでぇ、そこの手妻師が、客に賽子博打《ばくち》を張っているじゃねぇか、この始末どうつけてくれんだ」

腕を捲った雷風一家の男が手妻師の演台を思い切り蹴り上げた。演台がひっくり返り、台の下に落ちていた賽子がこぼれ落ちる。円形の磁石も見えた。

これは手妻の仕掛けだろう。

「やっていたのは手妻であって博打ではありません。お客さまに賭けさせたりはしておりません」

五十がらみで鬢《びん》に白いものが混じった手妻師が、散らばった賽子を掻き集めながら必死に抗弁していた。

「富籤の引き当ての境内で、賽子なんかを使われたらよぉ、おめえさんにその気がなくても、客同士は賭けちまうんだよ」

雷風一家の先頭の男が、まくし立てた。

確かに今日は、境内自体が鉄火場のように殺気立っている。誰もが一攫千金《いっかくせんきん》を狙って集まっているのだからしょうがない。

手妻師の賽子の目が、最終的には丁半どちらに出るか賭けていたとしてもおかしくない。

「そんなこたぁ、言いがかりだ。客が勝手に手妻の賽《さい》の目に賭けているのは、おめえの鼻毛が何本かって賭けているのと同じこった」

「うっせぇ。博打は博打だ。寺銭《てらせん》寄こしやがれ」

雷風一家が一気に荒神一家に襲い掛かった。大乱闘になった。並んでいる屋台が次々に倒され、食材やどんぶりが飛び散った。

あちこちで悲鳴も上がる。とうとう棒や板切れだけではなく、どちらも匕首《あいくち》を手にしているようだ。

双方に加勢が入り、境内は騒然となった。富籤引きを見物に来た客たちも散り散りになりながら逃げ惑っている。

「若旦那、これは大事《おおごと》ですよ。とばっちりを食わないように、山門の外に逃げましょう」

庄助が富札の入った風呂敷を抱え、山門へと顎をしゃくっている。

「平気さ。いまに収まる。びびっているならおまえさんだけ通りに出て、団子屋の前で待っていろよ」

どちらも十手《じって》を預かっている地《ぢ》の者であるので、喧嘩の限度を知っている。寺社奉行がやってくる前に手を打つはずだ。

「なら、おいらはおっかねぇのは苦手なんで出てますよ。門前通りの茶屋に入っていますんで。はい、こいつはしっかり預かっておきやす」

庄助は逃げた。富札はそのほうが安全だろう。

「おいっ、この富籤、いかさまだぜっ」

誰かの声がしたので、その方向を見やると、本堂の前で木箱がひっくり返され、札がばら撒《ま》かれていた。

「本当だっ。同じ番号が何枚も入ってる。何が奉祝富籤だ。こいつぁ、お上《かみ》の体《てい》のいい金の吸い上げじゃねぇかよ」

別の男が二枚の札を手にしている。同じ番号札らしい。今度は群衆が騒然となった。

「なんだとぉ」

「全部の札を改めようぜ」

口々に罵倒《ばとう》する声を上げ、大勢の男たちが本堂の前へと向かった。板を突いていた若い衆は身の危険を感じて逃げ出し、境内全体が修羅場《しゅらば》と化した。

「戯作《げさく》より面白《おもしれ》ぇ」

松之助も荒れる本堂前に向かった。だが、百人近い群衆に飲みこまれた。

「おっとっと」

誰かに下駄をつっかけられて転んだ。

転んだが最後だった。大勢の人々に足腰、背中を踏まれる。草履《ぞうり》ならまだいい。下駄は堪《たま》らない。

「痛《いて》ぇ、こら踏むなっ、あうぅ」

松之助の背中と腰を何人もが踏んでいった。身体中に激痛が走る。人波が去ったところで、松之助は上半身だけを起こした。

それだけで激痛が走る。

「兄《にい》さんどうしたね」

やくざの若い衆が手を差し伸べてきた。一家の印半纏《しるしばんてん》は着ていなかったので、どっちの一家かはわからない。

「いや、野次馬根性が崇《たた》って、踏み倒されました。あぁ、痛たたたっ」

腰を上げようとすると、全身に痛みが走った。腰の骨が折れたのかも知れなかった。

「俺らの縄張りで堅気《かたぎ》衆に怪我《けが》させたとあっては面目《めんぼく》ねぇ。骨接《ほねつ》ぎ医に連れて行ってやる。さぁ、わっちの背中に乗りなせぇ」

やくざが屈《かが》んで背中を見せた。人が見ている前でかっこ悪かったが、松之助は自力で立つのは難しかったので、世話になることにした。

「門前通りの茶店に知り合いがいるので、そこまででいいです」

「あいよ」

二十歳《はたち》ぐらいの若衆は松之助を背負って駆け出した。他にも爺《じい》さんや婆《ばあ》さんが同じように背負われて運ばれていた。

こんなときはやくざも役に立つものだと思った矢先のことだった。

「何処《どこ》へ行くんですか」

松之助は慌てて叫んだ。

山門を出るとやくざは門前通りを突っ切って暗い路地に飛び込んだのだ。

「近道さ」

どんどん走っていく。路地を出ると町駕籠《まちかご》が待っていた。人相の悪い駕籠舁《か》きがふたり、こちらを向いている。そこで降ろされた。

「駕籠で運んでやる」

「ですから、知り合いが待っているんですよ」

「四の五《しのご》の言うんじゃねぇよ」

若衆がいきなり顔面に拳を撃ち込んできた。左目の下、鼻梁《びりょう》の真横あたりだ。

頭の中が揺れ、目が眩《くら》んだ。

「ううう」

松之助はその場に頽《くずお》れた。

寒い。そう思ったが、そこで気を失った。

二

「やっぱり初湯は湯屋のほうが広くていいや」

湯気が煙る浴槽に、音を立てて身を沈めた東山和清《ひがしやまかずきよ》は、頭に手拭《てぬぐ》いをのせ、ぐっと歯を食いしばった。

熱い。めっぽう熱い。初湯とあって湯屋の主人《あるじ》が、景気づけとばかりに、むきになって薪《まき》をくべているのだ。

――こんちくしょう。負けてたまるか。

こうなれば湯屋と客の根競《こんくら》べだ。

和清は肩まで湯に浸《つ》かり、胡坐《あぐら》を掻き腕を組んだ。

浜町堀《はまちょうぼり》にかかる栄橋《さかえばし》を渡ってすぐにある富沢町《とみざわちょう》の湯屋『梅乃湯《うめのゆ》』。天保座《てんぽうざ》の面々は、揃《そろ》って湯に浸かっていた。

男湯と女湯に分かれてはいるが、薄い板壁を挟んで双方がわーわーと大声で話し合っている。

――気がつけば年が明けていた。

芝居屋にはそういう感覚が強い。

師走は二十八日を大千秋楽《せんしゅうらく》として締めたが、一同は翌日から新春興行の稽古《けいこ》に入っている。

役者は新作の台詞《せりふ》覚えに余念がなく、裏方は裏方で、大道具、小道具の仕込み、衣装の仮縫いと大忙しだ。

年越し蕎麦《そば》を食いながら、あたふたと動き回っているうちに、どこかから除夜の鐘が聞こえてきて、気がつけば、今年も明けていたわけだ。

芝居一座で働く者たちは、不思議なもので、そんなあわただしさの中にいることを粋《いき》だと感じている。堅気の衆とは違うと言いたいのだ。

良いか悪いかは別にして、それが芝居屋根性というものだ。

元日は雑煮《ぞうに》を食ってそれぞれが好きに暮らす。

そう、天保十年（一八三九年）の幕が開けていた。

今日は正月二日。

和清は、暮れも正月もなく働いている座員たちを労《ねぎら》うべく、せめてもの区切りの儀式として、一同で初湯に浸かることにした。

たまにはみんなで湯屋に行こうじゃないか。そう思い立ったのだ。

天保座には狭いながらも風呂がある。

控櫓《ひかえやぐら》とはいえ、一座の看板役者が湯屋で素顔と真っ裸を晒すのは、興ざめということから、芝居小屋の楽屋裏に風呂場を設けてあるのだ。一度に五人は入れる旅籠《はたご》のような風呂場だ。

湯に浸かるのは役者が優先だが、裏方も順番に入れる。湯も入れ替えている。

とはいえ、芝居小屋の風呂は狭い。

正月ぐらいはこうして一座でまとまって、去年までの垢《あか》を落とし、新たな年を迎えるのもよいものだ。

座員一同も思いのほか、はしゃいでいる。

小網《こあみ》神社に一同で初詣《はつもうで》した後の昼八つ（午後二時）から二刻（約四時間）、この『梅乃湯』を貸し切りにした。

松の内とあって河岸《かし》も食い物屋も休みだ。他の客は来ない。湯で清めた順に二階にあがり、持参のおせち料理で宴会を始めることになっていた。

無礼講《ぶれいこう》と言えば、本気で無礼になる者たちばかりだ。和清は、

『礼儀正しく新年を迎えよう』

と、紙に書いて楽屋に張り出していた。

天保座と芝居茶屋『道楽楼《どうらくろう》』の面々は、血のつながりはない。だが家族だ。それぞれ訳あって、他では生きていけない者たちが、芝居小屋という寄せ場に身をやつしているのだ。

『一座一家』。和清は全員にそう言いきかせている。

だから助け合う。団結する。何事に対しても一家で立ち向かう。

座元の東山和清は、家長でもある。

「雪之丞《ゆきのじょう》、台詞は入っているんだろうな」

「あたぼうですよ」

明日から天保座の幕が開く。今年は新作で勝負だ。

和清の作による『天保宝船』。

正月らしく華やかで、踊りがふんだんに盛り込まれた芝居にした。これまでは本座がやらない正月らしい古典を借り受けて掛けてきたが、今年は堂々と新作にした。

中村《なかむら》座と市村《いちむら》座の向こうを張っての大勝負となる。

看板役者は瀬川《せがわ》雪之丞。屋号を空見《そらみ》屋と名乗るだけあって宙乗りを得意とする。女形《おやま》、七変化《しちへんげ》も自在にこなし、大芝居からも引き抜きの話があるが、雪之丞は歯牙《しが》にもかけない。それもそのはずで天保座には裏稼業があり、雪之丞は元甲賀《こうか》の忍び。裏の道では空中殺法の使い手なのだ。

天保座は裏稼業の寄せ場でもあった。

大御所直轄の『御裏番』。それが天保座の正体だ。

他の座員たちもそれぞれ裏の顔を持つ。

「団五郎《だんごろう》、雪之丞との絡《から》みは飲みこんでいるな」

「はい、看板を立てるのが二番手役者の腕の見せ場です。うまく斬られて、階段からがらがらと落ちて見せますよ。客はさぞかし雪の字の剣術がうまいと思い込むでしょう」

市山《いちやま》団五郎が茹蛸《ゆでだこ》のような顔になりながら言っている。元は両国《りょうごく》の見世物小屋の軽業師《かるわざ》。年増《としま》に人気がある。変装の達人でもあるので、御裏番では尾行や敵中に忍び込む役回りを得意としている。

「やい団の字、それじゃぁ、俺が大根みてぇじゃねぇか」

雪之丞が手のひらで湯を掬《すく》って、団五郎の顔にかける。雪之丞の頬《ほお》も真っ赤で、額《ひたい》にびっしょり汗が浮かんでいる。

「あっちっち。およしなさいよ。子供じゃあるまいし」

とばっちりを受けた羽衣家千楽《はごろもやせんらく》が顔を顰《しか》めた。元は噺家《はなしか》で天保座では端役《はやく》に扮《ふん》して、話の流れを説明する役を担《にな》っている。

派手な場面からさらに派手な場面へと繋《つな》げることを信条とする和清にとって、間の流れは口頭で説明してしまいたい。

それには千楽の客を飽きさせない語り口が欠かせないのだ。

御裏番としての千楽は詐術師役だ。得意の話術で敵を誑《たら》し込み、情報を得てきたり、いっぱい食わせたりするのだ。

その千楽が続けた。

「看板役者は、案外大根のほうがいいってこともありますよ。雪さんは芝居がうますぎる。少し抑えたほうが、客の気持ちが入りやすくなるかもしれないですな」

「ほう」

和清は唸《うな》った。

言い得て妙なのだ。

「千楽師匠の言う通りかもしれねぇ。客が看板役者に求めるのは芝居じゃねぇのかもしれない」

「座元、そういうことですよ。そのまんまの瀬川雪之丞を知りてぇんです。あれは演技じゃない。本気で、自分を見つめてくれているって……女の客なんかはそう思いたいんですよ。男客も、雪さんそのものの生き方に憧れる。それが看板役者ってもんです。演技力じゃない、人としての魅力です」

和清のほうに向き直った千楽が言う。熱い湯の中にいても穏やかな顔だ。

「まったくその通りだ。雪之丞、明日から芝居しなくていい。素でやれ。逆に団五郎は、雪がどんな動きをしても、それを受けろ。おめぇはとことん芸達者になれや」

「へい」

「はい」

雪之丞と団五郎は、真っ赤な顔をしたまま答えた。どちらも先には出ない気なのだ。役者は、どいつも根っからの負けず嫌いだ。

「師匠は、熱くはねぇんですか」

団五郎が、額の汗を拭いながら聞いた。もういっぱいいっぱいという目だ。

「還暦を過ぎると平気になるもんです。何事にも鈍感になるんでしょうな」

千楽は平然としている。

そこに女湯から声がかかる。

「うちのおとっつぁんはね、年寄りだからじゃなくて、面《つら》の皮も体の皮も、人一倍厚いんですよ。だから平気なの」

お芽以《めい》の声だ。千楽の一人娘で、天保座では結髪《けっぱつ》を担当している。

ただし、この女、裏では刺客を務める。

必殺技は鬼灯落《ほおずき》とし。

鬼灯の飾りのついた簪《かんざし》で、頭の中心をぐさりと刺すのだ。

だから、天保座の面々は、お芽以に髪を結ってもらっている間は、終始緊張している始末だ。

「うるさいっ。それが寝小便を始末してやった父親に言うことかっ」

「えっ、お芽以ちゃん、寝小便垂れだったのかい」

聞いているのは年増のお栄《えい》だ。天保座の隣で芝居茶屋『道楽楼』をやっている。元は女博徒だが、いまは茶屋の女将《おかみ》として客たちから情報を集める係だ。天保座の三度の賄《まかな》いもこの茶屋があってのことである。

「赤ん坊の頃は誰でもそうでしょうが」

お芽以の声が突然、不機嫌になった。嫁入り前の娘に寝小便垂れはない。

湯は、どんどん熱くなる。

湯屋は、さっさと上がれ、と言いたいようだ。

――こんちくしょう。屁でもこいてやるか。

和清も意地になった。

他の座員も同じようだ。

熱さに耐えながら、役者は台詞を言い合い、裏方は、口で場当たりを始めた。

場当たりとは、役者抜きで舞台運びの確認をすることである。

本来は舞台上でやるのだが、湯の中にいても芝居屋根性で、口々に段取りを叫び始めた。

「すっぽんで雪之丞が飛ぶ」

「天井の明りは全開ではなく、花道の雪の字を照らすってところだな」

「おうよ。そんとき団五郎も、階《きざはし》から飛び下りる。桜吹雪《さくらふぶき》だ」

大道具の半次郎《はんじろう》と小道具の松吉《まつきち》が、目を瞑《つむ》って掛け合いのように言っている。

女湯からも合の手が入った。

『はい、私が天井で駕籠を揺らします。背景の絵は浅草寺《せんそうじ》境内ですね』

これはなりえの声だ。大道具見習い。女だてらに木槌《きづち》と釘の入った布袋をぶら提《さ》げて飛び回る。いまでは橋や船の大道具もひとりで作る。

なりえの「なり」は大御所家斉《いえなり》の「なり」である。

家斉と女御庭番の間に生まれたなりえは、母から御庭番を引き継いだ。家斉が大御所に退き、西の丸に移った際に御裏番を創設。そこに娘として加わった。天保座の面々はこのことをうすうす承知しているが、誰も口にしない。暗黙の了解ごとなのだ。

『そのときの雪さん、お鬘《かつら》は、若衆髷《わかしゅまげ》だね』

お芽以が続ける。

芝居はこんなふうに練り上げられていくのだ。

それにしても、湯が熱くなってきた。和清は男湯の面々を眺めた。誰も出ない。みんな意地っ張りだ。

「うわぁ〜、あたしゃ、もうたまらないよぉ」

遂に女湯のほうから悲鳴が上がり、ざばぁっと湯から上がる音がした。

「あわっ、お栄さん、大きなお尻で、私の顔を潰さないで」

なりえが叫んだ。

「てやんでぇ。おめえだって、でかい尻をしてるじゃねぇか」

和清が返す。

「座元っ、いつ見たっていうのさっ」

境の板を越えて湯が飛んでくる。

「熱いっ。あにしやがるっ」

大道具の親方、半次郎が喚《わめ》いた。

「松吉さん、湯の中で屁をこかないでください」

今度は団五郎の声だ。

「ぶくぶく上がったのか？」

と雪之丞。

「ぁあ、小さい泡が浮いてきた」

団五郎が答えた。

「熱いんだ。屁で掻きまわさねぇと、辛抱《しんぼう》出来ねぇ」

四角い顔の松吉が、眉間《みけん》に皺《しわ》を寄せた。

「俺はもっと大きな泡を出せる」

半次郎の背中で、ぶくぶくと大きな輪が上がった。

「負けませんよ」

と雪之丞までが尻を浮かせている。

たちまち湯の中で屁こき合戦になった。浴槽のあちこちで泡が上がる。

「やめなさいよっ」

女湯からお栄の声があがる。

「これ、芝居に使えねえかな。『臭殺《しゆうさつ》』なんてよ」

和清は腕を組み天井を睨《にら》む。狂言の種は何処にあるかわからない。思いついたことをすぐに口にするのも、座員の反応を見るためだ。

「座元、それはばかばかしすぎで」

元噺家の千楽が思い切りでかい泡を出しながら嘲笑《あざわら》った。

「いい加減にしてくれよ。うちは『屁の湯』じゃねぇんだ」

脱衣所から主人の梅助《うめすけ》が飛び込んできた。

「てやんでぇ。千両役者の初屁だ。ありがたく思え」

和清がやり返す。

「あぁ、やだやだ。だいたい江戸っ子はさっと入って、さっと上がるもんでぇ。それを長々と浸かって、垢だらけにしたかと思えば、今度は屁だ。この野暮天《やぼてん》がっ。とっととけえれっ」

顔を真っ赤にして怒鳴っている。

「あんだとぉ。千両役者を捕まえて、野暮天とはどういうこったっ」

団五郎が湯から飛び出し毒づいた。

続けざまに、和清も立ち上がる。一同もそれにつづいた。

なんのことはない、みんなきっかけを待っていたのだ。

梅乃湯のほうは、主人の他に倅《せがれ》や女房、小僧まで出てきて、わーわーと言い合いになった。

そこへ、

「しずまれ、しずまれっ」

と男湯の暖簾《のれん》をくぐって、立派な侍《さむらい》が入ってきた。

三

「お奉行？」

和清は目を瞠《みは》った。

やってきたのは南町奉行、筒井政憲《つついまさのり》だ。

伴《とも》は連れていない。

代わりに奉行所の目の前にある公事宿《くじやど》『桜田楼《さくらだろう》』の御隠居、弥助《やすけ》が一緒だ。

弥助は天保座と奉行の繋《つな》ぎ役になっている爺さんだ。

繋ぎ役が繋がず、直接奉行が来るとはどういうこった？

「奉行、今日は御城で年賀では」

和清はおそるおそる聞いた。前を木桶で隠しているものの真っ裸だ。天保座の男たち全員が、木桶で前を隠して整列した。

真っ裸で奉行の前に立つ。

洗い場に六人で跪《ひざまず》き、年賀の挨拶でもしたいところだが、木桶をとるのもどうかと思う。

「旗本の登城は三日だ。わしも湯に入るぞ」

と政憲は着物を脱いだ。

あっと言う間に南町奉行が裸になった。前は隠していない。堂々としている。しかも立派だった。

和清は慌てて木桶を外し、旅笠のように頭の上に振りかざした。こうなれば芝居っ気《け》を出すしかない。すぐさま他の五人も木桶をはずして頭上に振りかざす。『白浪《しらなみ》五人男』ならぬ『金玉六人男』だ。

「明けましておめでとうございます」

和清、雪之丞、団五郎が見事に声を揃えて言った。この図、熟女や若い娘が見たら悶《もだ》え死ぬかもしれない。

「そんな恰好《かっこう》で言われても、ありがたくもないわ」

政憲が冷たい視線を寄越《よこ》し、浴槽に足を突っ込んだ。

「あちっ。なんだこれは。うぅうう」

「埋《う》めろ、水で埋めろ。木桶で水を運べ」

和清が指揮を執った。

「待て、その木桶は使うなっ。新しいのを使え」

奉行が厳しい眼をした。気持ちはわかる。

「実は大変なことがわかったのだ」

熱湯を水で埋め、按配《あんばい》がよくなったところで、政憲がおもむろに切り出してきた。和清以外の者は、二階に上がって宴会を始めている。

「どういう話でしょう」

並んで湯に浸かる和清は湯を掬《すく》い、肩にかけながら聞いた。雪之丞や団五郎には負けるが、これでまだまだ張りのある体だ。見せる女がいないのが残念ではあるが。

「そのほうと一緒になるはずだったお蝶《ちょう》とその父の小島直弼《こじまなおすけ》が実は生きているとの噂《うわさ》を聞いた」

政憲は和清のほうを向かず、まっすぐ前を向いたままだ。

「まさか」

和清は驚いた。

もう六年半前の夏のことだ。

立ち込める湯煙の中にあの日の光景が甦《よみがえ》る。

まだ和清が南町奉行所の同心だった頃の話だ。当時の名は植草勝之進《うえくさかつのしん》といった。

その日、和清は許嫁《いいなずけ》のお蝶と川遊びに行くことになっていた。

お蝶は同じ組屋敷に住む同心――小島直弼の一人娘で、二歳下のしっかり者だ。直弼と和清の亡父は昵懇《じっこん》で、その縁あって和清が十五のときに一緒になることが決められていた。

和清も幼馴染《おさななじみ》であり、異存はなかった。

お蝶もそうであったはず、と和清は今でも信じている。

あの日、和清はいずれ義父になるであろう直弼から大川の川遊びに誘われていた。もちろんお蝶も一緒だ。

いっこうに祝言《しゅうげん》の日取りを決めようとしない和清に、しびれを切らした直弼が、いつにするのだ、と談判するために呼んだに違いなかった。

和清としては、照れくさくて言い出せずにいただけだ。

両国橋の袂《たもと》の船着き場で落ち合い、屋形船に乗ることになっていた。

暮れ六つ（午後六時）の船出だ。

役所で日誌を書き終えた和清は、暮れなずむ通りを急いでいた。

面倒が起こったのは馬喰町《ばくろちょう》の祥善寺《しょうぜんじ》の前を通りかかった時だ。境内から飛び出して来た女に、和清は撥《は》ね飛ばされ、傍《かたわ》らに積まれた用水桶の水をしとどに被る羽目に遭《あ》ったのだ。恰幅《かっぷく》のよい女だった。この日のために打ち直した黒羽織が台無しになった。

そればかりではない。

境内からは続いて十人ほどの破落戸《ごろつき》が匕首を持って、女を追いかけてきた。

『女、てめえ、壺《つぼ》振りを誑《たぶら》かしやがったな』

『勝ちが大きいからといって、賭場荒らしと決めつけるなんざ、雷風一家も堕ちたもんだわねぇ』

女も胸襟《きょうきん》を開き、晒しの間から匕首を抜いている。その周りを雷風一家がぐるりと囲む。

――女に勝ち目はない。

『待て。往来で女ひとりを囲むとは、卑怯《ひきょう》であろう』

和清は濡れた鬢と額を手の甲で拭いながら、黒羽織の中から朱房の十手を取り出した。

『うるせいっ。同心風情《ふぜい》が怖くて極道が務まるかってんだ。こちとら北にも南にもきっちり上納金を渡しているんだぜ。すっこんでろ』

破落戸の頭目らしき男が吠えた。和清としても構っている暇はなかったが、ここで見過ごしたのでは男が廃《すた》るというものだ。

『その女がどうしたというのだ』

十手ではなく太刀《たち》の柄《つか》に手をかけた。

『あたしゃね、負けたら岡場所に落ちるつもりで、有り金すべてを半に賭けただけだよ。そしたら半と出たのさ』

女も女で匕首を手にいきなり突進した。頭目の頰がざっくり切れる。当然、修羅場と化した。すると今度は浅草橋《あさくさばし》のほうから元禄《げんろく》一家の揃いの半纏を着た男たちが駆けてきた。女は元禄一家の手先だったのだ。

八百長を見抜き、さらにその裏を掻くことを生業《なりわい》とする博徒、『見抜きのお栄』。それが女の名だった。

『同心様、どっちの一家も闇賭博を開いています。お縄にしてください。あたしがすべて知っています』

事態はどんどん厄介なほうに転がった。

お蝶との待ち合わせの刻限は迫っている。

和清は太刀を抜いた。刃先を突き出さず、上半円と下半円に交互に回す。芝影流《しばかげりゅう》『半円殺法《はんえんさっぽう》』である。

あえて胸元に隙を作る殺法だ。突けると思って飛び込んできた相手を瞬時に斬る。相手は多勢であるが、所詮《しょせん》はやくざだ。無手勝流《むてかつりゅう》に匕首を振りまわしているだけだった。

和清はそれぞれに浅手を負わせた。どちらの一家も這這《ほうほう》の体《てい》で逃げていったが、四半刻（約三十分）もかかってしまった。

駆け足で両国橋に向かった。

乗るはずだった『夜桜丸《よざくらまる》』はとうに出ていた。

今朝、小島家の裏庭で心なしか浮かれた顔で洗濯物を干していたお蝶の顔が、夕陽を照り返す川面《かわも》に浮かんで見えた。

すまない。胸底でそう呟《つぶや》く。

大川には、大小さまざま船が浮かんでいた。和清は桟橋《さんばし》に腰を下ろし、夜桜丸が戻るのを待つしかなかった。

だが船は戻ってこなかった。向島《むこうじま》界隈まで進み、引き返した夜桜丸は吾妻《あづま》橋の手前で炎上したというのだ。天婦羅用に置かれていた菜種油に客の煙草《たばこ》の火が落ちたらしい。総勢三十人の客が川に投げ出されたが、なにぶん日が落ちてからのことだ。行き交う屋形船や猪牙《ちょき》船に撥ね飛ばされ、泳ぐこともままならず溺死《できし》したようだ。

約半数の屍骸《むくろ》は上がったが、お蝶と直弼の屍骸は見つからなかった。大海原に流されてしまったと考えるしかなかった。

和清とお蝶の祝言は幻に終わった。

植草勝之進が同心株を売り、芝居小屋の座元、東山和清として御裏番になったのは、それからずいぶん経ってからのことだ。

『見抜きのお栄』は、いまは芝居茶屋道楽楼の女将《おかみ》として和清に尽くしてくれている。終わった話だと思っていた。

「生きているなんて信じられませんよ」

和清は頭《かぶり》を振った。

だが屍骸が上がっていないのも事実だった。

「今朝早く、年賀のために江戸に戻った小田原《おだわら》奉行所の与力、浅間省吾郎《あさましょうごろう》が挨拶にきてな。なんと小島親子に似たふたりを箱根《はこね》で見かけたという話を聞いた。それで、いてもたってもおられなくなり、知らせにきた」

政憲が湯で顔を洗いながら言う。

浅間はかねてより筒井と懇意にしており、なんども南町に出入りしていたので、同心小島直弼と娘のお蝶を見知っていたという。

もちろん勘違いということもありえる。

和清は胸の鼓動が速くなるのを感じた。切ない思いが甦ってきて、目が潤《うる》んだ。

「生きているのであれば、なぜ知らせを寄こさないのでしょう」

和清も湯で顔を洗った。泣いている顔は見られたくない。

「行ってみることだな」

政憲がぶっきらぼうに言う。

「座元、行かなきゃなりませんよっ」

板壁の向こうからお栄の声がした。まだ残っていたらしい。お栄はいまだに、和清があの日、刻限に船着き場に行けなかったのは、自分のせいだと思っているのだ。

「裸で盗み聞きなんかしてんじゃねぇやいっ」

無理やり強がって見せる。

「お栄のためにも箱根に行ってみるべきじゃないのかね。おまえさんもお栄も一生悔いていてもしょうがない。わずかな糸口でも探ってみることだ」

「それはそうですが……」

和清は言葉を濁《にご》した。

一介の同心であれば、すぐにでも行くところだ。だが、いまは一座の座元だ。興行がある。

「さてと、わしは上がるぞ」

政憲が湯を出た。脱衣場で待機していた弥助と共に着物を着るのを手伝い、見送った。奉行を浴衣《ゆかた》で見送ったのは初めてだ。

二階に上がると一同は酒もやらず正座して待っていた。

「なんだ、先にやっていいと言ったはずだぞ。さぁ、年賀の宴《うたげ》だ」

「座元、行きましょうよ。箱根へ。俺たちは芝居一座だ、旅回りも悪くねぇです」

いきなり雪之丞が言い出した。

「どうせなら箱根で、もう一遍《いっぺん》初湯と洒落《しゃれ》こみましょうや」

団五郎も乗り気だ。

お栄がみんなに伝えてしまったらしい。

「私も飯炊きとしてついて行くよ」

きつく口を結んでいる。和清に次いでお蝶と直弼が生きていて欲しいと願っているはずだ。

「しかし正月の天保座は開けねぇわけにはいかねぇでしょう。前売りの札が完売になっている」

大道具の半次郎は冷静だった。

和清は聞いた。

「前売りはいつまで売れている」

「五日まではびっしりです。六日はまだ売っていません」

お栄が答えた。前売りは芝居茶屋『道楽楼』が仕切っている。

「六日から先は売らないでくれ」

腹は決まった。

聞いてしまった以上、そうしないことには落ち着かない。

「半次郎さん、松吉さん、こんなことを三日で仕込めますかね」

和清は裏方のふたりの親方に、ある頼みごとをした。


正月三日。

天保座は開幕となった。

『天保宝船』が始まる。芝居をしながらも、和清は新たな大道具の制作を命じていた。六日からいったん小屋を閉めるには、それなりの理由がいる。それを演出で見せる方策を立てていた。


同じ頃、筒井政憲は、年賀のために登城した。

本丸での拝謁《はいえつ》が終わると、西の丸に呼ばれた。

正月早々、何事かと思いながら書院の間で待った。

あわただしく入ってきた家斉の顔は蒼白《そうはく》だった。

「和泉守《いずみのかみ》、市井《しせい》にいる余の孫が行方不明になった」

「はぁ？」

と平伏したまま聞き返した。

大御所ならわかるが当代の家慶公に御落胤《ごらくいん》がいるなど聞いたことがない。

「母親が途方に暮れていると、こっちの奥坊主が知らせてきた。家慶は知らぬことだ。おい、和泉守、面《おもて》を上げい」

「ははあ」

そう言われなければ面を上げられないのだ。

「明けましておめでとうございます。大御所にあられましては……」

「年賀の挨拶など、省けっ」

家斉は膝の上で扇子《せんす》を叩いた。

「ははあ」

また繰り返す。

「家慶が十九年前に当時の西の丸の女中に作らせた男子だという」

「若君……ですか」

これは厄介《やっかい》な話になりそうだ。

「どのようなご事情で、市井にいるのでしょうか」

「詳しくは知らん。十九年前の事情を知る茶坊主賢哉《けんや》の使いが、知らせてきたという」

「家慶様ではなく、大御所様に知らせてきたというのは妙ですな」

　政憲は言った。

「本丸に企《たくら》みがあるやもしれぬ。大目付ではなく、そちを呼んだのはそのためじゃ」

「して、何か手掛かりは？」

「知らん。ただわしに似ているそうだ。名は松之助というそうだ。後は賢哉に直《じか》に聞いてくれ」

　正月早々、難題を押し付けられた。

　元茶坊主の賢哉は、出家し本当の坊主になっているという。浅草田原町《たわらまち》の小さな庵《いおり》で暮らしているところまではわかった。

　行ってみるしかないか。

　政憲は途方に暮れながら下城した。


　正月五日。

　天保座の芝居は大詰めを迎えていた。

　外題《げだい》『天保宝船』は、連日満員御礼の札止め状態であった。

　舞台上には大きな宝船がある。

昨日までとは違う仕掛けだ。

宝船を出帆《しゅっぱん》させる場面で、座頭でもある和清が口上を述べた。

「この宝船、箱根までまいる。ではっ」

背景の書割が倒れると、背後に大川が見えた。

舞台が回り、船はそのまま川へと滑りこんでいく。少なからず、そう見える仕掛けだ。半次郎と大道具組が、三日三晩寝ずにこさえた大道具であった。

「如月《きさらぎ》（二月）には戻ってまいる」

これにて、休演することにした。我ながらなかなかの案だと思った。

案の定、客はどっとわいた。

第二幕　宝船

一

「親方、なんで『どさ回り』って言うんですか」

なりえが半次郎に聞いた。

東海道に近い芝《しば》大神宮の近くまで歩いてきたところだ。

門前通りの料理屋、土産物《みやげもの》屋、茶屋の前で、客引きが威勢のよい声を上げている。

客に混じって三河万歳《みかわまんざい》や越後獅子《えちごじし》の芸人たちも、祝儀にあやかろうとうろうろしていた。

「役者や芝居屋が使う隠語さ」

「ああ、お金をお米とか呼ぶ芝居屋言葉ですね」

一度、雪之丞が贔屓《ひいき》に『何が欲しい』と聞かれ、『そいつぁお米が一番ですよ』と答えると、天保座の前に米俵《こめだわら》が三俵も届いたことがあった。

まだこの稼業に慣れていなかったなりえは、ありがたいと思ったものだが、座員一同『いもだねぇ』とあきれ顔で、蔵に運び込んだものだ。

「そうそう。女との接吻《せっぷん》をお刺身とかな。いろいろ符牒《ふちょう》があるが、逆さ言葉もあるだろう」

「ありますねぇ。宿をどやとか、私、はじめはさっぱりわかりませんでしたよ」

半次郎となりえは、野次には構わず歩いた。

「それよ。どさは佐渡《さど》。一度佐渡に送られたら、長いこと帰ってこれねぇ。旅回りはそんなもんだと、たとえたわけさ」

なりえは捻《ひね》り過ぎではないかと思った。

「あら、それなら、この旅も長いことになるんですかね」

「いいや、箱根に行って帰ってくるだけだ。ひと月もかからねぇよ」

半次郎が腰を叩きながら言った。

半次郎となりえの背後から、大きな荷車に載った宝船がついてくる。大道具を運んでいるだけなのだが、赤い顔でふらふらと歩いている参拝客から『やい、なんで七福神は乗っていねぇんだ』だの『縁起物だわ、拝ませてちょうだい』と賽銭を投げられたりする。困ったものだ。

「ひと休みとしようか。そこいらの茶店で大福でも食おうや」

先頭を歩く座元の和清が、立ち止まり振り返った。手拭いで作った頭巾が、いかにも粋な旅役者だ。

「ちょうど私もお腹が空いてきたところ」

なりえは腰ではなく腹を叩いた。

総勢約二十人の一行は、五人ほどずつに分かれて茶屋に入った。こんなときはだいたい役者と裏方は別々になる。

そのほうが仕事の話がしやすいからだ。

それに色男の役者と一緒のほうが人が寄ってきて面倒臭い。控櫓とはいえ天保座は、いまや江戸三座に迫る大入りを連発している。

瀬川雪之丞、市山団五郎などは、その人だとわかると、やれ一筆くれだ、祝儀を渡したいだのと大騒ぎになる。

ふたりは化粧《けわい》を落とし、和清同様、手拭い頭巾を被り、下を向いたままで歩いているが、そこはかとなく漂う色気は、やはりそこいらの男とは格段に違う。バレなければよいと思う。

雪之丞と団五郎はそれぞれ別の店に入った。踊り衆と呼ばれる脇役者たちが、ふたりを囲むようにしてついていく。

「なりえちゃんはこっちにおいでな。なんだか験《げん》がよさそうだよ」

なりえはお栄に呼ばれた。それに和清と千楽師匠とお芽以の父娘が一緒だ。女三人は固まろうということらしい。

「先に行ってこい。ここは荷車と道具を半分半分で見張らなきゃならんから、おまえは先に行け」

半次郎からも背中を押された。

「はい」

五人で『蝶々亭《ちょうちょうてい》』という茶屋に入った。たまたまこれから探しにいく和清の許嫁《いいなずけ》のお蝶を思わせる。

たしかにこれは験がいい。緋毛氈《ひもうせん》の敷かれた台に腰を掛けた。

「みんな茶と大福でいいか」

和清が声をかけると、

「私は汁粉《しるこ》がいいよ」

と、お栄が首を振った。お栄は最近、太ってきたことを気にしているが、汁粉のほうが太らないとは限らない。お栄はついつい二椀食べるからだ。

茶店は込み合っていた。御神酒《おみき》をやりすぎたのか、酔って甲高《かんだか》い声で喋《しゃべ》っている職人風の男たちや串団子を何本も目の前に置いて眼を輝かせている町娘がほとんどだ。

ふとなりえは強い殺気を感じた。右手後方からだ。

すぐにそちらを向くのはよくない。

じきに女中が茶と大福、それに汁粉を一椀持ってきた。

「品川《しながわ》はもうすぐですね」

茶を受け取りながら、なりえはさりげなく殺気のするほうに視線を走らせた。

旅装の男がふたり座っている。町人髷だ。どこぞの手代が正月早々、上方《かみがた》にでも商いに出るといった風情だ。だが――。

あいつら、町人じゃない。

なりえはすぐに視線を和清に戻した。

「あぁ、その気になれば川崎《かわさき》まで行けないわけじゃないが、興行を打つには品川宿のほうが勝手がいい」

茶と大福を両手で持った和清がとぼけたような顔をした。口のまわりが大福の粉で白くなっている。

芝居を打っている。なりえはそう感じた。

和清も殺気に気づいているのだ。だが決してそちらを見ることはしない。

お栄、お芽以、千楽は気づいていない様子だ。

「そりゃ、川崎よりも品川だよ。米粒の降り方が違うからね」

お栄が返す。米粒——銭の落ち方が違うということだ。

それはそうだろう。

上方へ出立《しゅったつ》する者は、銭をたっぷり持っている。旅はまだ始まったばかりだというのに、気が大きくなっているわけで、ついつい巾着《きんちゃく》の紐も緩くなる。

品川までは見送りも多い。勢い、川崎とは人出が違うのだ。

江戸に入る者も同じだ。ここまで来ると江戸に着いたも同然で、最後の宿場で垢を流そうということになる。

ここから先、入府すれば武士は役目が、商人は稼業が待っているので、旅の恥は掻き捨ててしまえとなるわけだ。

ましてやまだ松の内だ。品川で芝居を張れば、大当たりは間違いない。

「大きな宿場にはそれだけ多くの旅人が行き来しているわけですから、それだけお蝶さんのことを知るきっかけが出来るかもしれません」

千楽が大福を齧《かじ》り、眼を細めながら言う。

「箱根から戻ってくる人も多いでしょうからね。何か聞き出せるかもしれないわ」

娘のお芽以も相槌《あいづち》を打った。

「まぁ、それほどは期待していねぇさ。それより芝居を続けることだ。俺たちは芝居屋だ」

それが隠れ蓑《みの》になっている、とは言わなかった。

「梅安寺《ばいあんじ》ってのはどこら辺にあるんですか」

なりえが尋ねた。右肩のあたりにびしっびしっと殺気が刺さってくる。

「南品川だ。品川寺の裏手になる。空き寺だ。道中奉行に大福をたっぷり握らせて、なんとか二日だけ興行が出来るようになった」

和清が鷹揚《おうよう》な口調で答える。

その眼が『見るな』と言っている。

殺気に気づかないふりをしろということだ。

――わかった。試されているんだわ。

少し考えればわかることだった。

これだけの殺気を放つ者が、素人《しろうと》なはずがない。やくざ者ごときでもあるまい。

ということは、御庭番か伊賀者《いがもの》かもしれない。

わざと殺気を送り、こちらの反応を見ているということになる。我らが御裏番ではないかと疑っているのではないか。

と、和清が大福を載せてきた皿の脇で、指を動かした。台を叩くように動かしている。指話《ゆびわ》だ。舞台の上で役者が台詞や次の所作を忘れたときに、相手役や黒子がこの指話で教えるのだ。

和清が叩いている位置は殺気を放つ男たちからは見えない。

『なりえ、店を出たら探れ。あるいはもうひとつ確かめに来るかもしれんぞ。気を付けるのだ』

そう打っている。

千楽はじめ一同も、指話に気づき、一気に芝居に入った。

「しかしなんですなぁ。せっかく宝船を牽《ひ》いてきているんですから、品川に入るときには、七福神を乗せて引き札を撒《ま》くっていう手もありまさぁねぇ」

千楽が興行を知らしめる策をわざと大声で言った。

「そうですよ。ここは一番鳴り物入りで品川に入らなくちゃ」

お栄が返し、巾着から銭を出した。全員分の勘定を置く。同時に全員がすっと腰を浮かせる。

右後方で慌てる気配を感じた。ふたりも『勘定を』と叫んでいる。間違いない、この一座を追ってきた者だ。

ならば、どこのどいつだ？

『蝶々亭』を出て、五人で門前通りに立った。出来るだけ無防備を装う。なりえは土産物屋の前で芝大神宮の御守りを手に取って眺めたりした。

ひとりの男が近づいてくるのがわかった。

――来る。

風圧を感じた。

匕首を持っていたら一刺しされる。四肢《しし》が強張《こわば》った。

「うわっ」

体当たりだった。男の肘《ひじ》はなりえの背骨を狙っていた。咄嗟に左に少しずらしたので、骨は砕けなかった。弾みで土産物屋の陳列台にのめり込む。あえて顔から落ちた。御守りや絵馬、それに櫛《くし》などが飛び散らかる。

「おっとと。すまんな。人ごみでよろけちまったい。姉さん怪我はないかい」

旅人はすっとぼけている。じっとなりえの双眸《そうぼう》を覗《のぞ》き込んできた。

「大丈夫のようです」

なりえは笑顔を浮かべる。こちらから殺気は一切出さなかったつもりだ。

「こっちは大丈夫じゃないですよ」

土産物屋の主人《あるじ》は、顔を真っ赤にしている。

「わかった、わかった。壊れた品は弁償する。ここに路銀がある。これで勘弁してくれないか」

もうひとりの男が振り分け荷物を開け、小判を取り出した。五両（約五十万円）を渡す。

金も持っている。あらかじめ用意していたのではないか。この場合、旅装は便利だ。路銀という名目で日頃は持たないような金額を持ち歩いていてもおかしくない。

「まぁ、これぐらいいただけば結構でございます」

主人のこめかみに浮かんでいた筋が消えた。

ふたりの男は、街道のほうへ向かった。

「では、私が」

お芽以が言った。しっかり眼をあわせてしまったなりえに代わってお芽以が尾行役を買って出た。

「鬘《かつら》と小袖はここに持っています」

お芽以は手にしていた渋茶色の風呂敷《ふろしき》包みを掲げて見せた。適当なところまで追ったら、着替え、鬘で印象を変えるつもりだろう。

扮装はお手の物だ。風呂敷の中には扮装道具一式の他に、戦闘用の得物《えもの》も入れてある。

裏稼業をするうえで芝居一座を隠れ蓑にしたのは、座元、和清に先見の明があったといえよう。

「頼む」

和清も頷《うなず》いた。

門前通りにまだふたりの背中は見える。

お芽以が踵《きびす》を返した。

と、そのときだ。

「雪さまぁ」

「えっ、団五郎さまも一緒じゃないですか」

「うわぁ、きゃぁ。天保座の瀬川雪之丞と市山団五郎がここにいる」

若い娘が叫んだ。飛び跳ねている娘もいる。

一気に人が集まってきた。

雪さま、団さまと口々に叫び、こちらに押し寄せてくるのだ。

「まずいっ。踊り衆、看板ふたりを囲め」

「へいっ」

踊り衆の頭《かしら》が口笛を吹くと、すぐに踊り衆が集まってきた。ふたりを囲んで、門前通りをゆっくりゆっくり進んでいく。

もう狭い通りはぐちゃぐちゃで、怪しい男ふたりの姿も見えなくなった。

「和清さまもいるじゃない」

「あら、ほんとっ。若旦那じゃないっ」

今度は年増が大挙して押し寄せてくる。

——たまんない。

芝居一座にも泣き所はある。なりえは、つくづくそう思った。

二

浅草花川戸町《はなかわどちょう》に小さな庵がある。

大川と浅草寺のちょうど間にあたり、小体《こてい》な寺が並ぶ通りにひっそり佇《たたず》む『賢静庵《けんせいあん》』だ。

門の前で童子《こども》が木の枝で剣術遊びをしている。

まだ松の内だというのにこの庵には、注連《しめ》飾りも門松《かどまつ》もなかった。

天保座の面々は今朝がた浅草橋南詰から荷車を牽きながら箱根宿への旅へと立った。

わしはわしで、やらねばならぬことがある。

筒井政憲は袴《はかま》を付けず黒羽織に襟巻《えりまき》を付けただけで花川戸へやって来ていた。

門をくぐり苔《こけ》の生えた石畳を進む。

同心の組屋敷とほぼ同じ大きさの草葺き屋根の庵があった。

「ごめん。賢哉殿はいらっしゃるか」

「はて、どなたか」

すぐに瘦《や》せた身体に法衣《ほうえ》を纏《まと》った賢哉が現れた。調べでは六十二歳になっているはずである。

「南町の筒井と申す。不調法は承知のうえで、いきなり参ったが、どうしても貴殿と一献《いっこん》いたしたくてな」

ぶら提げてきた濃紫の風呂敷包みを差し出した。正月の角樽《つのだる》である。

「これはこれはお奉行がこのような薄暗い庵にいらっしゃるとは。ささ、むさくるしい座敷でございますが、どうぞ」

賢哉につづいて上がると、むさくるしいどころか板廊下は磨き抜かれ、覗《のぞ》き見た居間は簡潔にして寂《じゃく》としている。

墨と香の香りが漂っていた。

庭に面した八畳間に通された。雨戸は開け放たれており、庭が見えた。正面に見事な枝ぶりの松の木が見える。なるほど門松などいらぬわけである。あの松を眺めているだけで正月気分になれる。雪でも被ればそれはそれは風流であろう。

筒井は上座に座らされた。

「寒いですな。障子戸は閉めましょう」

賢哉が障子戸を引く。それでも冬の柔らかな日差しが真っ白な障子を通して差し込んでくる。

穏やかな気持ちになった。

小者が膳を運んできた。盃《さかずき》と浅蜊《あさり》の佃煮《つくだに》と紫蘇《しそ》昆布《こんぶ》である。酒が進みそうな肴《さかな》である。

「まずは一献」

筒井が先に持参の角樽から柄杓《ひしやく》で盃に注《つ》ぐ。賢哉も倣《なら》った。

それぞれ盃を空ける。筒井はまた注いだ。

「御城から下がって、すでに八年になります。世知《せち》にも疎《うと》くなりました」

まずは賢哉が牽制《けんせい》してきた。

「昔話をお聞かせ願えればとやってきました。それもかなり古いことでございます」

「近頃は少し惚《ぼ》けてまいりました。さてさて、御城にいた頃の方々の名を思い出すのも一苦労でございます」

賢哉が箸《はし》を動かし、浅蜊の佃煮を取る。

その双眸が光る。筒井の真意を推《お》し量《はか》っているようだ。

「西の丸からお聞きしました。といえばおわかりでしょうか。本丸ではございません」

筒井が柄杓で賢哉の盃にも酒を注いだ。賢哉は驚いた顔をした。武士同士は相手の盃に注いだりはしない。それは商人の習慣である。

筒井は奉行が頭を下げて頼む、という意を含んで酒を注いだのである。それをわからぬ賢哉ではなかった。

「恐れ入ります」

賢哉のほうが深々と頭を下げて、押し戴くようにして呑み干した。すぐに手《て》酌《じゃく》でもう一杯注ぐ。

ひと息ついて賢哉が続けた。

「では大御所の耳には入られたのですな」

「さよう。大目付では本丸が知ることになるというので、町奉行のそれがしに賢哉殿に伺うようにと命じられた」

「拙僧《せっそう》が西の丸の同朋《どうぼう》衆に使いを出しました。母親は、松之助様がお世継ぎのひとりに加えられることを恐れております」

「詳しくお聞かせ願おう」

筒井は紫蘇昆布を取る。

ふたたび小者がやってきて、膳に蒲鉾《かまぼこ》と煮豆、それに出汁《だし》巻き卵を添える。どこぞに走って買い求めてきたのであろう。

「攫《さら》われたのは日本橋の呉服商『高縞屋』の跡取り息子、松之助でございます」

賢哉が剃髪《ていはつ》を撫《な》でながら、切り出してきた。

「それが御落胤だと」

「はい。十九年前のことになります」

賢哉が訥々《とつとつ》と語りだした。

当代将軍、徳川家慶公がまだ西の丸にいた頃である。時は文政《ぶんせい》三年（一八二〇）、先代家斉公の権勢を恣《ほしいまま》にしていた時代だ。

「当時の西の丸呉服の間にお春という女中がおりました。女中というよりお針子ですな。実家が高縞屋です。行儀見習いも含めて西の丸大奥に上がったのですが、家慶様の目に止まってお手付きとなりました」

それで子を身籠もったという。御腹《おはら》様となれば、一気に部屋持ちになり、ましてや男子誕生となればご側室となる。

だがお春はそれを望まなかったという。

「お春は実家に戻れば何不自由なく暮らせる大店の長女ですよ。大奥へあがったのもあくまでも店の箔付《はくづ》けのため。なにも窮屈《きゅうくつ》なうえに権謀渦巻《けんぼううずま》く御城になどいることはないのです。それがそこらの町娘と違うところでした」

「なるほど」

筒井は出汁巻き卵に箸を走らせる。

「当時、家慶様にはまだ嫡男がおりませんでした。御正室との間に出来たご長男竹千代《たけちよ》様、御側室に出来た次男嘉千代《よしちよ》様はそれぞれ一歳で早逝《そうせい》しておりましたので、もしもお春が側室への道を選んでいたならば、今ごろ松之助は次期将軍の立場だったことでしょう」

賢哉がそこで鋭い視線を向けてくる。筒井もはっと見返した。急に胸の鼓動が高鳴ってくる。

現在の御嫡男家定《いえさだ》様は文政七年（一八二四）生れの十六歳。つまりそれより上に長男がいたことを意味する。

推察するに家慶公すら知らぬ事実となる。

神君家康《いえやす》公より武家の相続は長子優先と定められている。武家の範たる徳川宗家がそれに背くことなど出来ないはず。

誰かが意図して動けば、本丸は混乱する。幕閣の権力構造も大きく変わることになる。

「宿下がりはどのようにして行なった……いやすまん」

筒井は奉行所での詮議《せんぎ》の口調になったことを謝った。

「お春は腹が大きくなる前に宿下がりをしたいと申し入れてきました。拙僧はまだお世継ぎがいない家慶公を案じて、説得したのですが、宿下がりさせねば、聞く耳を持ちません。御城に残るのであれば、自ら転んで腹を打つとまで言うのです。そこで当時の西の丸大奥の御年寄、麻島《あさじま》とうまく段取りをして、下がらせたわけです」

実家に戻ったお春は、直《ただ》ちに手代の定吉を婿《むこ》にとり、その子供として松之助を産んだという。その年の暮れのことだったそうだ。

松之助はお春と定吉の子として育てられた。高縞屋呉服店の跡取り息子としてである。

当人も出自については知らないはずだという。

「知っているのは賢哉殿と麻島だけということか」

「そのはずですが」

賢哉は小首を傾《かし》げた。漏れていたこともあるやもしれぬということだ。

それから十九年。

四男家定様が次期将軍と目され、一つ下の五男慶昌《よしまさ》様も息災である。発覚すれば面倒なことになる。

「麻島はよくそのとき承知したな」

「側室のお美津《みつ》の方様に気に入られていたからです。それと己《おのれ》の配下、それもお針子に過ぎなかった女が、側室になるのは、あまり気分がよいとは言えないでしょう」

それが人の心というものかもしれぬ。

「なるほど、そなたが西の丸の大御所に報《しら》せたわけがわかった。麻島がどう動くかわからぬということじゃな」

「はい。結果、麻島は四男家定様の母となられたお美津の方様に気に入られ、いまや本丸大奥で上﨟《じようろう》にまで昇りつめ、権勢を振るっています。いまさら松之助のことなど蒸し返されたくないはず」

「お春はそのこともあって拙僧を頼ってきたのです」

「それはそうだ」

事の次第はわかった。

しかし、筒井にもどう手を打っていいやら妙案はなかった。こんなときに天保座を箱根に行かせてしまったのがもどかしい。

「本丸の様子を窺《うかが》うことは出来るか」

「拙僧の倅、輝也《てるや》が本丸の同朋衆に入っております。まだ何も教えていませんが、麻島の動きを探らせることは出来るでしょう。何も知らせずに動かせるのは輝也ぐらいです」

「それは心強い。しかし事情を告げずに探らせることなど出来るのか」

探索とはある意図をもって動くものだ。何を探ればよいのかわからずに動くのは同心でも難しい。

「それが茶坊主というものです。見ざる、聞かざる、喋らざるの茶坊主は、一切に触れずに、しかし城内のお役人のために先回りをすることを旨《むね》とします。むしろ何も知らないほうが、探っているうちに異変に気づくものです。はい、そういうものでございます」

極意を聞いた思いである。

筒井はもう一杯呑み干し、帰ることにした。

さてと天保座の面々は今ごろは、品川で面食らっていることだろう。

なあに、正月の余興よ。

と、胸底でほくそ笑んだ。

三

「その角を曲がると品川沖だねぇ」

雪之丞が手庇《てびさし》を翳《かざ》しながら前方に眼をやった。

荷車に載せられた宝船の舳先《へさき》に立っている。七福神のひとつ毘沙門天《びしゃもんてん》の衣装を着けていた。手には引き札の束と釣り棹《ざお》を持っている。

左手に八《や》つ山《やま》が迫ってきて、その先が大きく曲がっている。曲がるといきなり海が見えた。

「おぉっ、海だ。広重《ひろしげ》の絵はここだろう」

大黒天に扮した団五郎が眼を輝かせた。

歌川《うたがわ》広重の東海道五十三次のひとつ『品川日之出』の絵と同じ光景が迫ってきたのだ。

青い海には弁財船《べんざいせん》が幾艘《いくそう》も浮かんでいる。

「さぁ、声を出していこうぜ。鳴り物も賑《にぎ》やかにな」

恵比寿《えびす》の和清がソレソレと手を振った。

宝船には七福神が乗っている。寿老人《じゅろうじん》は千楽で、弁財天《べんざいてん》にはなりえが扮していた。福禄寿《ふくろくじゅ》と布袋《ほてい》は踊り衆の中からふたりが抜擢《ばってき》された。

品川宿は三宿に分かれている。

北品川宿と南品川宿。それに海沿いに新たに出来た歩行新宿《かちしんしゅく》だ。

一座は北品川宿から大名行列のように進んでいった。

「とざーい、とーざい。明けましておめでとうさんで、ござんす。我らは日本橋浜町に座を構える天保座でござーい。明後日《あさって》より二日間、南品川宿は梅安寺の境内にて『天保宝船』を上演致しやす。宿場の方も旅の方も、こぞって御来座いただきますよう、伏してお願い致しまつるぅううう」

和清が模造船の尖端《せんたん》で伏した。一同も伏す。

背後から、ちんどんちんどんの鉦《かね》と太鼓が鳴り響く。

「よっ。空見屋《そらみ》っ」

半次郎と松吉が大向こうを入れる。

「両国屋ぁ～」

空見屋は雪之丞、両国屋は団五郎の屋号だ。

雪之丞は宙乗りを得意とするので、文字通りの空見屋。

団五郎はもともと両国の見世物小屋の軽業師だったのでそう呼ぶことになった。

街道にやんやの喝采が上がる。

和清はふと後方に目をやったが、殺気はもはや何処からも感じられなかった。

弁財天のなりえにも目で確かめたが、首を振った。なりえも感じていないということだ。

「梅安寺って大丈夫かよ」

「怖い寺だぜ」

そんな声も混じっていた。

和清は首を捻った。道中奉行からは何も聞いていない。

どういうこった。

それでも北品川の本陣の前を悠々と進んだ。松の内とあって大名行列と出くわす心配もないので安心だ。

目黒《めぐろ》川に架かる中橋を渡ると南品川宿だ。

北品川宿に比べるとやや見劣りする。こちらには脇本陣しかない。品川寺の手前を山手に入った。

梅安寺はすぐにわかった。

左手に見えた。

空き寺のはずなので、さぞかし荒れていることだろうが、そんな寺に寝泊まりするのも、芝居一座の醍醐味《だいごみ》だ。

荷車を牽く大道具連中と踊り衆が梅安寺に足を踏み入れたその時だ。

宝船に向かっていきなり矢が飛んできた。本物の矢だ。

「危ねぇ」

千楽の被っていた寿老人の頭巾に当たりそうになったのを、雪之丞が手で叩き落とした。

荷車の脇を歩いていたお芽以が咄嗟に頭から簪を抜いたので、和清は制した。

「待て、相手がわからねぇ」

下手《へた》にこちらが腕のあるところを見せたくなかった。

するとうと街道のほうから数人の町人が走ってきた。

「お芝居座の皆さん、気をつけてくださいっ。あの寺は去年の暮れから、荒くれ者の浪人のたまり場になっているんです。酒や食い物がなくなると界隈の店に押し寄せては、狼藉《ろうぜき》を働き、脅《おど》して持っていくんです」

「岡っ引きや役人はどうしてんだ」

「宿場は道中奉行の管轄ですが、いかんせん江戸市中のように頻繁《ひんぱん》には見廻《みまわ》ってはくれません。地の者はまったくだめですよ。袖の下を摑《つか》まされて、空き寺でも寺社奉行の管轄だからって、出向いてもくれません」

「それは難儀なこったな」

道中奉行め謀《はか》ったな。というより筒井の旦那だろう。確かに空き寺でも寺は寺だ。寺社奉行と協議しなければ迂闊《うかつ》に手は出せない。

師走から正月の間は評定所の顔合わせも止まる。

面倒なので、我らに退治させようという魂胆《こんたん》だ。

「我らは興行の許可を得ているのでな、ちょっと話をしてこよう」

「話し合いなんて通じる相手じゃないですよ。すぐに刀を抜くし、弓や槍も持っているんです」

浪人にしてはたいした道具を持っているということだ。何処かの藩からまとめて脱藩したのではないだろうか。そうなると謀反《むほん》の疑いまで出てくる。

「あっしらも、そうですかと引き下がるわけにはいかねぇんです。どうにかしてきますから任せておくんなし」

団五郎が素早く言った。

「それなら、本当に気をつけてくださいよ。もしもあいつらを追い出してくれたら、あっしらが皆さんの食事や夜具の面倒を見させていただきますんで」

小間物屋と蕎麦屋の主人だというふたりの老いた商人は、何度もお辞儀をして帰っていった。

「こいつは助太刀《すけだち》せねば、役者の沽券《こけん》にかかわるってもんですぜ」

雪之丞が言った。恵比寿の装束を着ているので、迫力がない。

和清は策を巡らせた。

「踊り衆と大道具は下がれ。こんなときに使うあの衣装に、どこぞの空き地で着替えてこい。笛を吹いたら、一気にやってこい。控え衆にも声をかけろ」

控え衆とは、この一座とは別に旅人として歩いている一隊だ。三十人いる。一座と切り離しているのは、別動隊としたほうが何かと都合がいいからだ。

「へぇ」

「松吉さん、小道具は？」

「そこの一番上の葛籠《つづら》にへえってます」

宝船の帆の真下に葛籠がいくつも積まれていた。雪之丞と団五郎はすでに木刀を手にしている。木刀といっても鉄の芯が入った木刀だ。

「喧嘩は五人で行く。お芽以となりえは後方に控えてくれ。千楽さんはここは出番なしってことで」

五人とは、和清、雪之丞、団五郎の役者三人に、大道具の半次郎、小道具の松吉だ。半次郎は元大工で釘投げの名手だ。松吉は元花火師。火薬で煙幕を作る名人だ。

「なんでぇ、なんでぇ。誰かいるのかよ。ここは今日から天保座が、借り受けるって許可を得てんだぜぇ。あぁ、こらぁ」

団五郎が与太者《よたもの》の役になり切って、進んでいく。肩を怒らせている。

和清、雪之丞、半次郎、松吉が続く。

和清は鉄骨入りの扇子。半次郎は金槌《かなづち》、松吉は火薬球を二個とそれぞれ得物を握っていた。

和清の鉄扇《てっせん》は漬物石をも砕く威力があるものだ。

と、本堂の破れ障子の戸が開き、三人の浪人が出てきた。いずれも月代《さかやき》が伸び放題で、だらしなく胸襟を開けている。赤ら顔で吐く息が酒くさい。

すぐに片付く。

和清はそう踏んだ。

「なんだ？　ちんどん屋が何しに来た」

箸のように長い爪楊枝《つまようじ》を咥《くわ》えた先頭の男が言った。ちょっと笑っている。ちんどん屋に見えなくもないところが悲しい。

「うるせぇ、毘沙門天様が成敗してくれる」

雪之丞が木刀を中段に構え、たっと飛んだ。速い。爪楊枝を咥えた男の胸を狙っている。

不意に浪人が咥えていた爪楊枝を手に持ち、投げてきた。

「うっ」

雪之丞が足を止め、右に飛んで避けた。

「小癪《こしゃく》な。役者風情と舐めていたら、なかなかやるな。さては忍びか？」

先頭の男が太刀を抜いた。差し込む午後の陽に刃が揺曳《ようえい》する。

上段に構えた。

他のふたりも太刀を抜いた。ふたりは中段だ。

強い殺気ではない。だがそれなりに腕はありそうだった。

こちらは半次郎と松吉が二歩ほど下がり、雪之丞と団五郎が前に出た。ふたりは中段に構えている。扇子を持った和清は真ん中だ。

三役揃い踏みの陣形だ。

浪人たちも先頭の男を中心にふたりが下がっている。

こちらは和清が扇子で顔を扇《あお》ぎながら一歩下がった。雪之丞と団五郎が前だ。逆相になった。

七福神装束なので、なんとなくこちらが弱そうに見える。

「ええいっ。そのにやけた顔が気に入らぬわ」

先頭の男が、勢いよく砂利《じゃり》を踏み、赤ら顔のまま飛び上がった。出来る。

空から刃先が降ってきた。

和清は扇子で払いのけた。鉄扇と刃が火花を散らす。思わぬ衝撃を食らった浪人がよろけて砂利道に倒れた。

和清はその眉間に鉄扇を叩き込んだ。

「わっ」

眉間が割れ、血飛沫《ちしぶき》が上がった。寝返りを打ちながら逃げまわる浪人の脛《すね》を、半次郎が金槌で打った。

「おぉおおえぇえぇぃいいいぃ」

骨が砕けたことだろう。膝頭ではなく脛にしたのは、半次郎のせめてもの情けであった。

「であえ、みんなであえ」

「与太者だ。返り討ちにしろ」

残ったふたりが叫んだ。

与太者扱いされてしまった。なにせ恰好《かっこう》が七福神だし化粧もしているので、傾奇者《かぶきもの》と思われても仕方がない。

旅の一座など、もとより与太者同然だ。ありがたいことだ。これでもともと考えていた手が使いやすくなる。

「喧嘩上等じゃねぇか。浪人はお武家にあらずだ。俺らの縄張りをとろうってんなら、腕ずくで取り返してやるぜ」

和清は吠えた。恵比寿様の赤い帽子を被っていると、なんとなく迫力が出ないので脱いだ。

本堂から十五人ぐらい出てきた。みな片肌を脱いでいる。不精髭《ぶしょうひげ》で痩せこけてはいるが、皆立ち姿はしっかりしている。

一体こいつらは何者かと思う。浪人のひとりが印籠《いんろう》を下げていた。丸に立《た》ち葵《あおい》の紋。そこいらじゅうで見る家紋である。

本多《ほんだ》家か？

そうだろうが、多すぎてどこの本多かわからない。それだけ本多家は多いのだ。

「ええい、芝居者など斬り捨ててしまえ」

先にいた三人のうちひとりが手を振った。浅黄《あさぎ》色の小袖は継《つ》ぎ接《は》ぎだらけだ。

「そっちの小袖も派手過ぎて、ちんどん屋みたいだぜ」

団五郎が挑発し、今度は八双《はっそう》に構えた。

前をがら空きにする。鋭い眼光を放つ。だが大黒天の帽子が微妙にずれていた。動いているうちに斜めになってしまったのだ。童子《わらべ》のようで、おかしい。和清は笑いを堪《こら》えた。

ここは笑いなど取りにいく場ではないぞ。

「そんなみょうちくりんな恰好の輩《やから》にやられてなるものか」

浅黄色の浪人が団五郎に一気に斬り込んできた。

団五郎が思い切り退いた。相手の想定よりもはるかに後ろに飛んだ。これが団五郎の芸だ。

前に飛ぶのはたやすく、後ろに飛ぶには五年の修行が要るという。団五郎は二歳の頃から、両国の見世物小屋の親方にこの後ろ跳びをしこまれたそうだ。

「わっわわ」

浅黄色に継ぎ接ぎだらけの着物を着た浪人は、勢い余って前につんのめる。その腹を雪之丞が木刀で思い切り叩いた。

「ぐえ」

眼を剝《む》き、口から泡を吹いて浪人は倒れた。

「何をやっておる。相手は五人だけだ。全員で一丸となって袋叩きにしろ」

印籠を付けた浪人がいった。

どうやらこの男が頭目《とうもく》らしい。

浪人たちが、素早く散り、円を描いて和清たち五人を取り囲んだ。浪人たちから初めて殺気を感じた。

じりじりと円を狭めてくる。初めて本気になったということか。

和清たちも背中をあわせて円になった。

浪人たちには隙がない。

——こいつらただの破落戸浪人じゃねぇ。

和清は察した。

雪之丞と団五郎も額に汗を浮かべ始めている。突破すべきところが見当たらないのだ。

雪之丞もここでは、飛び上がりを見せられない。やればすぐに忍びとバレるからだ。

——似た者同士か。

この浪人たちも爪を隠しているのではないか。天保座の面々が決して御裏番とわからないように動くのと同じで、彼らも破落戸を装っている。

何かを隠している、ということだ。

「松吉さん」

和清は奥の手を出すことにした。

「いきます」

松吉がいきなり手にしていた火薬球を、本堂に向けて投げた。舞台にうまく入れるのと同様、さすがにその方向は正確だ。

本堂の開いた破れ障子戸の間から中に入った。

橙《だいだい》色の煙が溢《あふ》れ出てくる。花火の火薬を使った色付き煙幕だ。

「おい、なんだこれは」

印籠を下げた浪人が本堂を見やり、蒼ざめた。

もくもくと上がる橙色の煙は、炎のようにも見えた。そのための小道具だからだ。

天保座の出し物では火事場の場面が人気だ。浜町の小屋は背後が大川ということもあり、用水をたっぷり汲《く》んでこの煙幕張りをやるので、役人も多少は目を瞑《つむ》ってくれている。

「まずい。松の字が危ない」

脛を撫でたまま、境内に転がっていた最初の浪人が本堂を指さした。

「うっ。だれか、松の字を連れだせ」

印籠を下げた浪人が顎をしゃくった。数人が円を壊して走り出す。

「松吉さん」

「合点《がってん》だっ」

松吉がもう一球投擲《とうてき》する。これも見事に本堂に入った。今度は黒煙が上がる。

橙色と黒色が重なると、余計に火事のように見える。

「まずい、退けっ、退けいっ」

円陣が崩れた。背中を見せた浪人たちの肩に、雪之丞と団五郎が容赦《ようしゃ》なく木刀を打ちこむ。肩甲骨《けんこうこつ》を折られた浪人たちが次々に刀を捨てて、這《は》っていく。

「あうっ」

その足を狙って、半次郎が五寸釘を打っていく。何《いず》れも脹脛《ふくらはぎ》や太腿《ふともも》の裏だ。

ここを打たれると足に力が入りにくくなる。

反撃を封じる一手だ。

「痛《いて》ぇ」

「立てねぇ」

すると本堂のほうから、げぼげぼと噎《む》せながら這い出てきた男がいた。町人髷なので浪人ではない。

「なんだい、なんだい、これは。獅子舞でも始まるのかい」

綺麗に月代も剃っており、空色《そらいろ》の絹物を着ているが、浮世離れしたような気配が漂っている。

数人の浪人が取り囲むと、町人は立ち上がり、浪人たちの肩を借りて本堂の裏のほうに歩いていった。

偉そうだ。

これが本当の頭目だろうか。

町人が裏側に引っ込むと、残った浪人たちが再び立ち向かってきた。

「ここまでは、手加減していた。そなたたち本当に我らを怒らせたようだな」

印籠をぶら提げた浪人が下段に構え、殺気を放ってきた。相打ち覚悟の殺気だ。

「わっちらもここを開けてもらうまで、ひっこめねぇんで」

殺気には殺気で返すしかない。

この間に口を押さえながら本堂に入った浪人たちが、弓を持ち出してきた。

足を悪くしているが弓ならば放てる。

びゅんと一矢飛んできた。五人は飛び退《の》いた。

印籠を下げた浪人が、剣を掬《すく》いあげてきた。

「うわっ」

飛び退いたが半次郎の作務衣《さむえ》の肩口が切れた。

和清はすぐに笛を吹いた。

力比べになる。

「お侍さんよぉ。いいのかい。こっちも頭にきてんだ。芝居屋を舐めんなよ。とことん、この寺が潰れるまで、やってやろうじゃないかっ」

和清が諸肌を脱いだ。筋骨隆々とした肉体が現れる。続いて雪之丞、団五郎も諸肌を見せる。七福神は終わりとなった。

だっ、だっ、だっ、と境内に総勢三十人の鳶装束《とびしょうぞく》の男たちが駆け込んできた。手に手に、柄の長い鳶口《とびぐち》を持っている。少し斜めになった陽を受けて鎌首が鈍い光を放った。

「親分っ、どっちかが全員死ぬまで、やりましょうよ」

踊り衆のひとりが決め台詞を吐いた。舞台で三十回ぐらい言っている台詞なので滑舌《かつぜつ》がいい。

浪人たちが後退《あとじさ》りした。

「役者は舞台が命だ。それが出来ねぇとなるなら、とことんやりますよ。裏方はこいつらだけじゃねぇ。まだまだいくらでもいるんだ。いまに百人ほど集まってくるぜ」

和清は唇を捲《めく》り、片眉を上げて啖呵《たんか》を切る。

「やい、やいやいっ」

「腐れ浪人がっ」

雪之丞と団五郎も勢い込む。芝居で言えば大詰めだが、いまは命懸けだ。こちらも力が入る。

「わ、わかった。我らは退く。ここは好きに使えばよい」

浪人が刀を鞘《さや》に納めた。

浪人たちは梅安寺から出ていった。一斉に固まって出ていったので、先ほどの町人がどうしたのかはわからなかった。

江戸に戻るのではなく、やつらは川崎のほうへと向かって歩いていった。

「よし、小屋を建てるぞ」

和清が叫ぶと大道具掛かりが一斉に動き出した。鳶装束の半数は大道具掛かりだ。そのまま仕事に取り掛かれるというものだ。

「一座の皆様、ありがとうございました。これはあっしらからの差し入れで」

南品川宿の商人たちが酒や寿司の桶を持ってやってきた。布団屋は夜具を本堂に運び入れている。

「やれやれだ」

和清は汗を拭った。

「あの浪人たち、素性を探らなくてよいですか」

なりえが言ってきた。まだ弁財天の装束をつけているので、妙な雰囲気だ。

「まぁ、いいさね。あっしらには、かかわりのねぇことだろう」

ひと月の間に箱根に行って戻ってこなければならない。余裕はなかった。明日と明後日、ここで興行を打ち、おあしを稼いだらすぐにまた出立だった。

「ですよね。着替えてきます」

なりえも深追いする気はなさそうだった。

四

江戸城本丸。

輝也は茶を淹《い》れながら、中奥《なかおく》と大奥の間に設けられた御広敷用達部屋《おひろしきようたし》での話に耳を欹《そばだ》てていた。御広敷は大奥女中が唯一《ゆいいつ》、外部の者と顔を合わせることが出来る間である。

表と奥の双方にこの御広敷を担当する役がある。

いまは表側の御広敷用人、中川右門《なかがわうもん》が大奥の御広敷役、お冬《ふゆ》と相対《あいたい》していた。

それぞれ表と奥の交渉役である。

「麻島様の増上寺《ぞうじょうじ》代参についてのことだな」

「はい、ここに随行する中﨟《ちゅうろう》、女中の名と道中に立ち寄る場所が記された書状を預かっております」

お冬が恭《うやうや》しく頭《こうべ》を垂れ、書状を差し出した。

「来月の初めのことでござるな」

中川は受け取り、胸襟《きょうきん》の中に押し込んだ。

なぜ、ここで開封しない。輝也は訝《いぶか》しく思った。

が、ふたりの前に茶を差し出すと、すぐに部屋の隅に戻り、畏《かしこ》まった。

茶坊主は剃髪し帯刀していないことから坊主と呼ばれるが、れっきとした武士である。輝也は父、賢哉の跡を受け茶坊主となった。

茶坊主の役割は城内の案内とあらゆる雑用である。

本丸、二の丸、西の丸の中はもとより、広大な庭を含む御門内のすべての場所に通じていなければならないのだ。

諸国大名のほとんどは城内に不慣れである。あえて複雑に作られた曲がりくねった廊下を控えの間に進むだけでも、茶坊主の先導なしでは歩けない。日頃は多くの家臣に囲まれている大名も、登城した際はひとりきりだからだ。

同格と思える大名同士が廊下ですれ違うときは、双方に切迫した思いが走る。初対面となればなおさらだ。

同格と思えても相手が上の場合もある。位階は同じ、苗字《みようじ》も同じでも、微妙に格が違う。特に松平《まつだいら》家などはややこしい。本流、傍流を即座に見抜かねばならない。

水野《みずの》、本多も頭が痛い。

年賀や八朔《はっさく》の日には、その名の大名が城内いたるところに行き交う。出っくわした場合、同じ苗字同士の大名のどちらが道をゆずるべきなのか。大名は先導する茶坊主を頼るしかない。

ときに茶坊主も迷う。

そんなときは、まずは跪《ひざまず》き、後ろに回した手で、待て、と合図する。相手の茶坊主も同じ姿勢をとる。そして互いに目で話す。それぞれ案内している大名の素性を伝えるのだ。

これでだいたい間違いなく、すれ違えるのだ。

輝也も本丸内の廊下や隠し部屋に精通しているが、いまは御用部屋や中奥に就いているため、表の案内はあまりしない。

先日、隠居の身である父、賢哉から麻島様の様子を窺えという手紙が届いた。手紙はすべて符牒で書かれているので、自分にしかわからないようになっている。

麻島様がどうしたというのであろう。

輝也は何度も首を傾げた。

大奥上臈麻島様は、奥の最大権力者である。西の丸大奥の御年寄であったことから、家慶様の将軍即位と共に、本丸に入った。

それまで大奥を仕切っていた総取締や上臈は、大御所となった家斉様と共に、西の丸へ移った。

いずれ麻島様が、本丸大奥の総取締役になられることであろう。

家斉様の治世が長かったために、家慶様が即位したのは四十五歳で、いますでに四十七歳になられる。

それにもかかわらず西の丸からの口出しはすさまじい。いまだ家斉様の世が続いているのだ。

政治《まつりごと》に経験豊富な家斉様が口を出すのは致し方ないことだが、困ったことがもうひとつある。

家慶様は四男家定様を世継ぎにと心の中では決めておられるが、まだ公《おおやけ》にはしていない。

大御所の立場を慮《おもんぱか》ってのことだ。

あまり早くに十三代までの道のりを決めてしまうことは、大御所を蔑《ないがし》ろにしていると捉えられると怖れていらっしゃる。

「お美津の方様は息災であろうな」

中川が茶を喫《きっ》した。

「はい。歌を詠《よ》む腕前がたいそう上がったと、麻島様が目を細めておられました」

家定様の継承が確かなものとなると、お美津の方の権勢は御台所《みだいどころ》を上回ることになろう。麻島が次期総取締役に進むという見方は、そのためだ。

だが、家慶様は世継ぎを正式に決めていない。幕閣内の噂では大御所の薨去《こうきょ》まで待つとの見方も伝えられている。

「麻島様はお美津の方様の、ご教養を磨かれているご様子、お留守居役や御老中にもお伝えしておく」

御広敷用人の上司は留守居であるが、老中に直接様子を聞かれることもある。奥向きのことは老中でも手が出せないからだ。

「それは麻島様も喜ばれます」

お冬も茶を喫した。この女中、おそらくは麻島の掌中《しょうちゅう》の玉であろう。

「ご代参の折には、くれぐれも羽目をはずしすぎないようにと、水野様からの御伝言でございます」

中川が念を押している。

「麻島様は、よくよく心得ております。大昔の絵島生島《えじまいくしま》の一件はいまなお大奥の語り草、ゆめゆめそのような事件《こと》は起こしません。ですから、その書状に立ち回り先を書いているのであります」

このふたり、表と奥の最高権力者の代弁役といった役回りらしい。

「承知した。我ら御広敷番、遠巻きに警護いたしまする、とお伝えいただきたい」

中川が扇子で膝を打った。

お冬が辞儀をする。ずっと伏している。その間に中川は立ち去った。

夜八つ（午前二時）。

城中に宿直《とのい》はいるが、さすがにこの刻限は寝静まっている。人けがなく、明りもない本丸城内は不気味である。

こんな暗い城内を、足音も立てず歩けるのは茶坊主か御庭番ぐらいのものである。

輝也は御錠口近くにある御広敷用人部屋に忍んだ。午後、中川右門が大奥から受けた書状が気になったのだ。

朝から午後まではごった返している用人部屋もいまは深閑《しんかん》としている。御城勤めの旗本は、めったに書類を持ち帰ることはない。紛失を恐れるからだ。必ずどこかに置いてある。

輝也は暗闇で目を凝《こ》らした。詰所内の中川の机の位置は昼のうちに確かめておいた。出格子の側だ。抽斗《ひきだし》はない。机の下に文箱《ふばこ》があった。

開ける。

帳面の下を探る。それらしい書状があった。

輝也は音を立てずに開いた。

読めない。あたりまえだ。暗すぎる。

行灯《あんどん》に火を入れることは無謀だった。すぐ隣が御広敷伊賀者勤番所なのだ。ただし、泰平の世とあって伊賀者も油断していた。いまも下男部屋に出向いて将棋に夢中だ。

それでも輝也は、書状を持って外に出た。城外の庭で月明かりに照らして読む。寒い。なにせ睦月《むつき》（一月）だ。

くしゃみを堪えた。

増上寺に代参する際の名簿があった。麻島の他は中﨟十名。御目見得《おめみえ》女中五名。御目見得以下五名。それに御伽《おとぎ》坊主一名の総勢二十二名である。

なぜ御伽坊主がいる？

輝也は首を捻った。

同じ坊主でも我ら茶坊主とは異なる女坊主である。大奥女中の中から大年増となったものが剃髪してなるのだ。

お上と中臈の夜伽の立ち合い。それが主な勤めだ。その御伽坊主がなぜ代参に帯同する？

日頃の勤めの褒美としか考えられない。

代参後の立ち寄り先も書かれていた。芝居見物などはない。懸命なことだ。その代わり、日本橋の料亭で食事と買い物とある。

なんのことはない日頃は門外に出られない、中臈、女中たちの息抜きのひとときを作るというだけのようだ。

ひとつだけ気になることがあった。

買い物の休憩が二刻（約四時間）とある。長い。この間に、誰かが何処かに行くことが出来る。

お忍びで陰間《かげま》茶屋にしけこむという算段であろうか？

あくまで女中の勝手。刻限までに元の場所に戻れば不問という手口ではなかろうか。

そんな気がした。

輝也は当日、一行を尾《つ》けることにした。茶坊主にも休みはある。その日の休みを届けておこう。

ふと庭の奥のほうに人の気配がした。

本丸御庭番か？

八代将軍吉宗《よしむね》公が創設して以来、御庭番は将軍直轄の影の者となっていたはずだが、この頃は実質老中の配下に変わりつつある。これではいずれ徳川家はみこしに乗っているだけの存在になってしまおう。

先代家斉公が、西の丸に新たに御裏番なるものを創設したのもわかる。

輝也はすぐに、城内へと逃げ、書状を元の場所に戻した。

第三幕　見得《みえ》

一

品川宿での天保座の興行は二日間とも大盛況のうちに終わった。梅安寺の境内に建てられた芝居小屋は、筵《むしろ》掛けの粗末なものであったが、もともと宮地芝居の出である天保座の面々は、むしろ初心に返った思いで奮闘した。

二日とも晴天に恵まれたことも幸いであった。

宮地芝居小屋——つまり旅芝居一座の小屋は、あくまで臨時の施設なので、屋根を付けてはならないのが決まりである。

したがって雨や雪が降れば興行は取りやめにするほかなかったわけである。他方、屋根がないため光の加減には、手を焼いた。

日差しをまともに受ける舞台では、虚構が作りにくい。

なにせ見上げれば青々とした空がひろがり、鳥が飛んでいたりするのだ。相撲《すもう》見物ならば、さぞかし気持ちもよかろうが、芝居となると、どこか盛り上がりに欠ける。

芝居小屋とは、一歩足を踏み入れれば、そこは日頃の生活とはかけ離れた場所でなければならないのだ。

今作の最大の見世物である宝船も、青空の下では、ばかでかい張りぼてでしかなかった。屋根付きの小屋では、天井の窓で光を調整し、舞台に陰影を与えるのだが、それが出来ないため、野ざらしの船となる。粗《あら》だらけだ。

品川宿に入る際に見せてしまったのも失敗だった。

こういう仕掛けは、突然幕が切って落とされて現れるから、威力を発揮するのである。

それでもなんとか大喝采を浴びたのは、芝居の筋のあらかたをすっ飛ばし、雪之丞と団五郎の曲芸の見せ場を大幅に増やしたことによる。

和清の咄嗟の判断で、天井がないことを逆に利用したのだ。

「とにかく高く飛んで、空の上で立ち回りをしろよ」

和清はそう注文をつけた。

「俺たちは、その気になれば客が驚くほど高く飛べますが、逆に御裏番だとバレませんかね」

元甲賀の忍びである雪之丞が案じた。

「わかった、はっきり仕掛けがあるように見せよう」

和清はいつもとは異なる発想に立った。

「半次郎さん、松吉さん、いつもは隠す踏板をちっと大げさにこしらえてくれねえか。それに舞台上のかなり高い位置に綱を張ってくれまいか」

「合点でさぁ。一間四方の板ばねを作ります。客にはっきり見えるように、宝船の左右に置いておきますよ。色も目立つように朱色にしやんす。ふたりはそれを踏んで飛べばいい。なあに、見た目は、でかくて派手でも、威力は、いつも舞台の板に隠し込んでいる小さな奴と変わらねぇっすよ」

と松吉が胸を叩いた。

「安心したよ。そんなでけえ踏板を使ったら、俺も雪の字も月まで飛んでいってしまいそうだぜ」

元軽業師の団五郎が笑う。

ふたりは、そもそも板に多少の弾力さえあれば、二階家の屋根ぐらいまでは飛べるのだ。そんなことは忍びか軽業師にしか出来ないことだ。

「綱は境内の左右にある杉の木を使いましょう」

「いいねぇ。綱があれば、その上で逆立ちしたり回転したり、いろんな事ができますよ」

雪之丞は目を輝かせたものだ。

「綱の上で、台詞を言い合いながら、傘を開いて玉を転がすっていうのはどうだ」

と団五郎が言えば、

「なら、俺は両手で皿でも回すか」

と雪之丞は答えた。

結果はほとんど大道芸に近い芝居になったが、両国でもそうそう見られない曲芸に観客はやんやの大騒ぎだった。

江戸を出る者、戻ってくる者、やってきた者、いずれの旅人にも喜んでもらえたが、宿場の商人たちがこぞって協力してくれたことは大助かりだった。

梅安寺に住み着いていた無頼浪人たちを天保座一座が追い払ったためだが、荒れた寺の本堂は掃除してくれるわ、人数分の夜具を貸してくれるわ、連日、食事を運び入れてくれるわで、それはそれは結構なもてなしであった。

それにしてもあの浪人たちは、本当に浪人であったのだろうか。本多家の印籠といい、剣捌《さば》きの達者さから見ても、ただの破落戸には思えなかった。

腑《ふ》に落ちないものを抱えたが、過ぎたことと片づけるしかなかった。

「お帰りの際も、知らせていただければ、前もって本堂を整えておきますので、遠慮なく」

と旅籠の番頭やさまざまな商店の主人たちに見送られ、品川宿を出たのは七日前のことだ。

翌日の川崎宿では大道興行。

つまり道端で簡単な芝居を見せるだけにし、夜のうちに神奈川《かながわ》宿に入った。ここでは、旅館の大広間を借り、千楽の落し噺《ばなし》と踊り衆による剣劇を見せた。

興行を打つことで、日銭を稼ぎつつも、雪之丞と団五郎の看板ふたりを休ませた。

本業は芝居でない。

御裏番である。

箱根に着いたならば、ふたりは探索をさせねばならないのだ。休養も必要である。

箱根が近づくほどに、和清たちは気持ちを引き締めていった。保土ケ谷《ほどがや》と戸塚《とつか》では、寺の境内を借り、品川同様の芝居を打った。いずれも二日興行である。

徐々に天保座の評判が街道の先にまで伝わってくれるとよい。浜町の控櫓の一行が、正月の余興に箱根詣《もう》でに出ていることが広まるほどに、怪しまれずにすむ。

品川宿や川崎宿で天保座を見た西へ向かう旅人たちの口にのぼることが大事だった。

ひょっとしたらお蝶やその父、小島直弼の耳に入るかもしれない。観に来てくれたらいい。

お蝶も小島直弼も和清が天保座の座元に姿を変える前に消えている。和清という名すら知らぬはずなのだ。

お蝶が知っている和清は、植草勝之進。南町奉行所の隠密廻《おんみつまわ》り同心である。芝居小屋の座元に立ったなど知る由《よし》もない。

生きている見込みがあるならば、ぜひ見にきて欲しい。

そうしたことが出来ぬ身の上ならば、こちらから探し出しにいく。

生きている。きっと生きている。

梅乃湯でお奉行から話を聞かされてから、和清はそう信じることにした。

戸塚を早朝に出た天保座一行は、昼すぎ藤沢《ふじさわ》宿に到着した。

「箱根がぐっと近づいてきた感じがしますねぇ」

旅籠に着き、女中に草鞋《わらじ》を解いてもらいながら千楽が笑った。藤沢では平宿《ひらやど》を取った。

宿場の中央にある『吉祥楼《きつしょうろう》』という旅籠だ。

こちらに役者と女たちが泊まる。

裏方たちは隣の『鷹見楼《たかみろう》』だ。同じく平宿で、そちらは半次郎が仕切ることになった。

二泊ほど全員に休養を取らせることにした。

ここまでの興行でだいぶ銭が貯まったことと、連日寺の本堂や社殿での雑魚寝《ざこね》では、それぞれが気を遣い合い、疲れが溜まるからだ。

もちろん男女の間には衝立《ついたて》を立てていた。だがそれだけでは、ひとりひとりが気ままには過ごせない。

　裏方は役者に気を遣い、役者もまた裏方に気を遣う。芝居が終わった後に、それぞれが飲みに行っても、帰ってくれば周囲の者に気を遣う。

　ここいらで小分けの部屋を取って、三、四人で寝かせてやる必要があった。藤沢では興行も打たない。

「あと十二里（約四十キロ）ってところです。ここを中入りとして休んだら、一気に小田原へ向かいましょう」

　平塚《ひらつか》宿、大磯《おおいそ》宿では、大道芝居だけを見せて通過する。次に小屋を上げるのは小田原宿と決めた。

「それではあっしは、今夜はたっぷり寝かせていただくことにします」

「千楽師匠はそうするのがいいでしょう。どうぞ今日明日は好きなように過ごしてください」

　盥《たらい》のお湯に足を浸け、女中に洗ってもらいながら、和清も腕を伸ばした。さすがに疲労がたまり、骨や筋の節々が痛む。

　二階の端の部屋に入った。座元だからひとり部屋だ。

　隣に雪之丞と団五郎。こちらはふたり部屋。基本は仲の良いふたりだ。千楽師匠とお芽以は親子水入らずだ。

他は四人ずつ五部屋にわかれてもらった。

饅頭《まんじゆう》と茶を飲むと、和清はひと眠りした。

一刻（約二時間）ほども眠ってしまったようだ。

「座元、いいですか」

雪之丞の声で目覚めた。窓の障子が早くも茜《あかね》に染まっていた。

「おおっ、へえってこい」

「団五郎も一緒です」

襖《ふすま》を開けて雪之丞と団五郎が入ってきた。団五郎が六合徳利《どつくり》をぶら提げている。雪之丞は三段重ねの重箱だ。

「なんだい、せっかく好きにさせたのに、わざわざここで飲もうっていうのかい」

「へぇ、あっしらは居酒屋に行くのも妓楼《ぎろう》に行くのも面倒で。踊り衆たちはさっそく湯屋に寄って、女郎買いにでるようですがね」

雪之丞が勝手に座布団を敷きながら言っている。

「おまえらも芸者をあげてくれればいいじゃねぇか」

「売れっ子はそんな気障《きざ》な真似はしねぇもんです、って教えてくれたのは座元じゃねぇですか」

「そうですよ。役者風吹かして、どんちゃん騒ぎするなんてぇのは、芋《いも》役者のすることで」

雪之丞と団五郎が笑った。

浮世流しも芸のうちとはいうが、それはまだ名を上げたい役者のすることだ。

「たしかに、おめえらのような顔の売れた役者がお茶屋や廓《くるわ》にあがったんじゃぁ、騒がれるだけだ」

「座元は飲まねぇんですかい」

「いやぁ、俺も賑やかなのは芝居小屋だけでたくさんだ。宿ではゆっくり戯作でも読むとするさ」

と、脇に積んである黄表紙本の山を見せてやる。

「それもまた一興で」

団五郎が湯呑になみなみと酒を注いできた。

「あっしらは芝居の話をしているほうが楽しくてね」

雪之丞が重箱を開ける。お栄が用意してくれたものと思われる。蒲鉾、佃煮、出汁巻き卵、沢庵などがたっぷり入っていた。

「ほう。雪の字、なんか面白い案でもあるのかよ」

和清は湯呑の酒を呷《あお》る。昼寝の後の一杯は旨い。

「小田原と箱根の興行ですがね、昼間は止めて夜興行にしませんか」

雪之丞がそう切り出してきた。

「天井がなく、舞台がお天道《てんと》様に丸見えなのは、どうもやりづらいんです。あっしら役者は、所詮は日陰者。日向《ひなた》は苦手でござんすからね。化粧も映えねえし、どうも本領が発揮できねぇ」

と団五郎も言う。

和清も夜興行は考えないではなかった。松明《たいまつ》、篝火《かがりび》を用意すれば舞台はぐっと華やかになる。だがいくつか気になることもある。

「まずは火の扱いだ。三百人から人が集まるところで、まわりに篝火を焚くっていうのは、奉行がうるさい。万が一のことがあれば客に死人が出ちまうしな」

「そうかぁ。火はやっかいかぁ」

団五郎がいかにも残念そうに膝を叩いた。その横で、雪之丞が出汁巻き卵に箸を伸ばす。

「それだけじゃねぇ。妓楼、それに置屋や茶屋との仁義ってものもある」

「それはどういうこって？」

雪之丞が箸を止めた。

「夜が稼ぎどきの人たちの邪魔をしちゃならねぇってことだ」

「あっ、なるほど。俺らが日が暮れてから小屋に人を大勢集めたら、夜見世が、がら空きになっちまうか」

「そういうことだ。朝から日暮れまで芝居で、月が出たら色街さんにまわすってぇのが筋だろう」

「座元の言う通りだ。昼夜《ちゅうや》が別だから、両国の芸者衆も小屋に足を運んでくれる。その筋目を外しちゃぁならねぇなぁ」

団五郎も頭を掻いた。

三人は笑いながら、湯呑を掲げあった。それからしばらく芝居談議に花が咲く。だいたいがもっと外連味《けれんみ》を出せないかという話だ。

とっぷり暮れ始めた頃だ。

おもむろに和清が話を戻した。

「夜興行が絶対出来ねぇってわけじゃねぇ」

「座元、ずっとそこを考えていたんですか」

雪之丞が食らいついてくる。

「あぁ、小田原でも箱根でも短期興行だ。花街中の芸者衆と男衆を招待するってぇのはどうだ。なんなら客を連れてこさせりゃいい。で、俺らの芝居は一刻（約二時間）で切り上げる」

「それなら、終わった後でそのまま料亭に行けますね」

「そうだ。お女郎さん方は無理だが芸者衆はでぇ丈夫だ」

「妓楼のほうは、小屋で引き札を配るっていうのはどうです」

「それなら、行けるでしょう、座元。俺らが舞台で、妓楼の宣伝をしてもいいですぜ」

「小田原と箱根の親分さん方に書状を送ってみよう。小田原が二日、箱根が三日限りのことだ。地元の親分さんに仕切っていただいたら、この件通るかもしれない」

興行には道中奉行の他に地の者の許可が要る。もっともこの度のように短期間の話なら、どちらも金次第でどうにでもなる。

火の用心には地元の火消をはじめから待機させればいい。そこらへんも興行を仕切れる親分さんたちならうまくやれるはずだ。

「座元、ぜひ頼みますよ」

ふたりの役者が同時に目を輝かせた。

「まぁ、果報は寝て待てだ。ここではとにかく英気を養うことだ。そろそろ湯屋に行こうや」

本陣、脇本陣ならばともかく平旅籠や飯盛《めしもり》旅籠には湯はない。

三人が立ち上がろうとしたときだ。

「ちょいとごめんよ」

お栄が入ってきた。

「どうしたいお栄。おまえさんも湯を楽しむなり、旨いものでも食いに出たらどうだ」

「はい、そのつもりですが、いま下の大広間で妙な話を聞いたものですからね」

お栄は眉間に皺を寄せている。

「妙な話？」

「この藤沢宿に、市沢団十郎《いちざわだんじゆうろう》が来ているっていうんですよ」

それは木挽町《こびきちょう》の森田《もりた》座の大看板だ。

「まさか団十郎が正月のさなかに旅に出るかよ。ここにいる市山団五郎の間違いじゃないのか」

雪之丞が笑い転げながら言う。

「それが下にいる客が聞いた話では、二年前に稽古で怪我をして、箱根や熱海《あたみ》で湯治《とうじ》をしていて、やっとよくなったので、のんびり帰る途中だって」

「そんなわけないだろう。団十郎は師走にも森田座に上がってますよ」

団五郎もあきれ顔だ。

「それは代役だって」

「騙《かた》り男は、だいたいそういう筋書きを作りやがる。どうせ化粧をして顔を作ってしまえば、どれも同じ顔になるっていうんだろう」

和清はそう読んだ。役者は白塗りをして墨と朱色で隈取《くまどり》をするものだ。それに鬘をつける。そうすると誰の顔でも同じ仕上がりになる。

「そいつはどこにいるんだい」

「さあね。宿は『睦月楼《むつきろう》』っていう飯盛旅籠らしい。昼間から贔屓筋に連れられてそこらへんを飲み歩いているって話だけど。それより私が頭にきているのは、その団十郎が天保座が来ていると聞いて、そんなどさ回り一座の役者といっしょにするなよ、とせせら笑っていたって」

お栄が眼を尖《とが》らせた。

「その面を見てみてぇもんだな」

和清は厳しい顔になった。

二

増上寺代参。

徳川歴代将軍とその妻たちが眠る増上寺への墓参は、本来厳粛《げんしゅく》であらねばならないものではあるが、大奥女中にとっては年に何度か大手を振って外出出来るハレの日である。

とくにこの度は、法事ではなく徳川家の無病息災を祈願する初詣の色合いが強い代参なので、なおさらである。

上臈、麻島を筆頭とする大奥女中の一行は、五つ半（午前九時半）に平川門を出立し、半刻ほどで芝の増上寺に到着した。

あいにくの曇り空であった。

輝也は町人に成りすまし、増上寺に先回りをしていた。

七草《ななくさ》も終わり、江戸の町から正月気分はすっかり消えていたが、増上寺境内には、いまだに初詣の人々が押し寄せており、紛れ込むには格好の場所であった。

麻島は立派な駕籠に乗っていた。上臈とは表で言えば老中であろう。麻島はさらに上である大奥総取締役を狙っている。

叶えば、それは老中首座か大老のような権力を手中に入れることになる。

権力の集中ほど怖いものはない。

表は水野、奥は麻島。このふたりに権力が集中してしまうことで、徳川将軍家はいつか骨抜きにされてしまわないだろうか。

輝也は行く末を案じた。

麻島一行が到着した。十人ほどの僧侶が恭しく出迎え、本堂に導いた。見物人たちはまるで吉原《よしわら》の花魁《おいらん》道中でも見るかのような好奇な眼でその様子を眺めていた。

絢爛《けんらん》豪華な大奥女中たちの衣装に、庶民はため息をつくしかないのだ。

御伽坊主の天祐尼《てんゆうに》が最後尾を歩いていた。灰色の尼僧《にそう》頭巾に法衣を纏っており、この者だけが地味だ。すでに六十を超えている老女だ。

なぜ、御伽坊主がいる。

この疑問がいまだに消えない。

大奥女中たちの行列が本堂に上がると、境内は再び活気を取り戻した。庶民は本殿手前の賽銭《さいせん》箱の前で手を合わせて祈願をすると、あとは神籤《みくじ》を引いたり御守りを買ったりと、楽しみに精を出している。

輝也は茶店で汁粉を啜《すす》りながら、本殿の様子を窺った。開け放たれた引き戸の奥で坊主がずらりと並んで経《きょう》を上げていた。

荘厳かつ勇壮である。

麻島はたっぷりと布施《ふせ》を持ってきたはずだ。それはそれは坊主も気合が入ることだろう。

誰かが近づくことはなかった。

輝也は周囲を見回した。

斜め前の茶屋の縁台。湯呑茶碗を手に、本堂に鋭い視線を向けている町人がいた。ひとりではない。四人組であった。

何者か？

何《いず》れも紺の小袖の綿入りに羽織を重ねている。手代風だが、殺気の放ち方は武士だ。自分と同じ、町人へのなりすましではないだろうか。奴らが麻島一行を尾行するようであれば、輝也はさらにその後ろに付かねばならなかった。

四半刻（約三十分）して本堂の経は止んだ。坊主たちが麻島一行に一礼して立ち去ると、すぐに小坊主がやってきて、一行を先導した。

社殿で茶菓子の接待を受けるのであろう。

麻島を先頭に女中たちが静々と進んでいく。

さらに四半刻は待つことになろう。

輝也は、斜め前の茶屋に移った。四人組の町人のすぐ後ろの縁台に腰を下ろす。正月らしく緋毛氈《ひもうせん》が敷かれていた。

「いい気なもんだよ、女中風情が偉そうに、僧正《そうじょう》に頭を下げさせているとはな」

男のひとりが言った。

「まったくだ。あんな者たちの警護とはくたびれるだけだ」

もうひとりが言う。大福を口に入れ噎《む》せていた。

輝也にはすぐに何者かわかった。御広敷添番《そえばん》の連中だ。御広敷の警護を担当する番方だった。御広敷番のひとつで御広敷伊賀番と並ぶ警護の要を担っている。

武士の立場では紋付き袴を着用することになるので、あえて町人髷に変えてお店者《たなもの》風の小袖を着ているのだ。

町人は騙せても輝也には武士だとまるわかりだった。

「まぁ、いいではないか。我らとて呑気《のんき》な警護だ。日本橋では蕎麦でも食おうかのう」

先のひとりが言う。

「成田《なりた》はいいのぉ。御広敷用人の中川右門様の覚えがめでたい。いずれ中川様が御留守居役となれば、そちは御広敷番の番頭まで引き立てられるだろう」

「なあに、なったところで御広敷番など、たいした役ではない。まさに後ろ向きの役だ」

と成田は、かっ、かっ、かっ、と笑った。

「そうだのう。我らは表ではなく奥の方だけを向いて働いている。つまらんよなあ。せめて大番組の子に生まれたかったものよなぁ」

さらに他のひとりもぼやく。

――士気が下がっている。

輝也はそう見た。

同じ番方でも、江戸城を守る大番組のほうが偉いとでも思っているのだろうか。勘違いも甚《はなは》だしい。

大奥を守るとは将軍の家族を守るに等しい。こ奴らにはその自覚がたりていない。

そうこうするうちに、本殿の奥のほうから、大奥女中一行が再び姿を現した。ぞろぞろと山門に向けて出てくる。

坊主たちが参拝客を掻き分けて、道を作っていく。

「いよっ、大奥っ」

と大向こうを飛ばすお調子者までいた。もちろん一行は、そんな声には一顧《いっこ》だにせず、粛々と駕籠に向かって歩いていた。

町人に化けた御広敷添番衆も立ち上がり後方をつけていく。

輝也は、いよいよここからが山場と、息を整え尾行を開始した。

日本橋一丁目に到着した頃には昼時となっていた。

呉服屋の並ぶ目抜き通りから一本奥の位置にある料亭『大川楼《おおかわろう》』に一行は入った。警護役は直ぐ近くの蕎麦屋に向かう。

空が徐々に曇ってきた。

輝也は料亭の斜向《はす》かいにある、小さな稲荷《いなり》社の境内に入った。ここからは料亭の玄関が見える。松の木にもたれながら見守った。

一刻ほど待った。するとぞろぞろと女中が出てきた。数組に分かれて、いそいそと目抜き通りに出ていく。ある者は小間物屋に入り、またある者は町駕籠を拾った。駕籠を拾ったのは六人ほどだ。年増が多い。蕎麦屋から出てきた警護役の男たちは慌てて、駕籠を追っていった。

およそ大川端の陰間茶屋にでも向かったものだろう。追っていくほうも間抜けというものだ。女が、ことをすませるまで待つつもりか。

いずれにせよ消えてくれたのはありがたい。

と、そのとき御伽坊主の天祐尼がゆっくりとした足取りで出てきた。ひとりだ。まだ麻島の姿はない。

天祐尼は目抜き通りへ進んでいく。

輝也は追うべきか、麻島を待つべきか迷った。

知りたいのは麻島がどこへ行くかだ。

だが、どうもあの天祐尼が気になる。なぜ御伽坊主が、わざわざ法事でもない代参になどに加わったのだ。

疑念が捨てきれず輝也は天祐尼を追った。

目抜き通りを出る。日本橋一丁目から室町《むろまち》にかけては、名だたる呉服店が軒を連ねていた。店先では手代が反物《たんもの》を広げて、客に熱弁を振るっている。

客は商家の母娘《おやこ》や旗本の奥方や姫様に代わって下見にきた奥女中が多い。

そんな大店を見やりながら天祐尼は、少しばかり急ぎ足になった。

どこへ行く？

天祐尼は老舗中の老舗呉服店『高縞屋』の前で止まった。風に翻《ひるがえ》る暖簾の間から、奥にじっと目を凝らしていた。

尼僧が呉服屋を覗いている図は、なんとも不気味であった。手代が出てきて、あえて揉み手をしながら何か聞いている。

天祐尼は厳しい顔で何か言った。手代は訝し気に首を傾げ、店に引っ込んでいった。天祐尼は奥を見つめたままだ。輝也は天祐尼の背後に立った。何を見ているのか、気になったのだ。

ごった返す反物売り場の奥に帳場が見えた。番頭と思える白髪《しらが》の男が帳面を見ながら算盤を上げている。ありふれた呉服屋の光景だ。

だがその背後に年増の女が現れたとき、天祐尼の肩が明らかに大きく震えた。身なりの良さから、この店のお内儀ではないだろうか。

輝也はその年増とはいえ、品のよい顔立ちの内儀の顔を凝視《ぎようし》した。

恐怖に引き攣《つ》った顔であった。盛んに首を振りながらこちらに飛び出してきた。

「こ、ここに来られては困ります」

暖簾を掻き分けるなり、お内儀は天祐尼にそう言った。

「そうか、私の顔をまだ覚えていたか。それならば、内密にしていることもわかっておるな」

「もちろんです。誰も知らないことです」

「私は知っておるぞ。あの夜、そなたの脇にいたのだからな」

内儀は顔を赤らめた。

「念には念を、と麻島様がおっしゃってな」

「ですが、あの子がいなくなりました」

お内儀が唇を嚙《か》み、覚悟したように言った。

「なんと、それは大事だ。だが心配するな。我らが探し出して見せる。だから何も言うでないぞ。上方に奉公に出したとでも触れまわっておきなさい」

天祐尼はそれだけ言うと、すぐに踵《きびす》を返した。

そのとき高縞屋のお内儀が輝也の顔をじっと見た。

輝也はなんとはなしに会釈《えしゃく》した。するとお内儀は僅《わず》かに笑みをうかべ、呟くように、

『よろしくお願いいたします』

と言った。

——なんだ？

よくわからないが考えている暇もなかった。振り返らずに、天祐尼を追った。

天祐尼は料亭『大川楼』に戻った。

麻島はまだここにいるということだ。

辛抱強く待つことにした。

しばらくすると『大川楼』から麻島と天祐尼が並んで出て来た。ゆっくり京《きよう》橋《ばし》のほうへと歩いていく。

さして大きくない寺に入っていく。あまり人はいない。後を尾けにくい場であるる。輝也はためらった。

少しすると深編笠の武士が寺に入っていったので、道行を着ているので、家紋は見えない。

ふと山門脇を見やると手桶と柄杓が置いてある。墓地があるということだ。輝也は縁もゆかりもない『丸山家《まるやま》』と書かれた手桶をぶら提げて境内にはいった。

本堂の手前に小さな池があり、蓮《はす》の葉が浮かんでいる。その前に縁台が置かれていた。

麻島と天祐尼、それに武士が並んで座っている。風はやや冷たい。だが、他に参拝客などいない。

輝也は本堂の脇に隠れ、聞き耳だけを立てた。

「お春はあのことは誰にも喋っていないと思います。このたびのことも」

天祐尼が言っている。

「まことか」

武士が深編笠を取った。鬢に白いものが混じる四十過ぎの武士だった。

「そちらはきちんと扱っているのでしょうね。傷がついては困ります」

麻島は厳しい口調だ。

「もちろんだ。そのときが来るまで、丁重《ていちょう》に扱っておる。ただし、相当な道楽者のようだな」

「それはあれだけの大店の跡取りとして育てられたのですから、当然でしょう」

「だが商いのこともよくわからないようだがな。茶だの歌だのそんなことばかりに夢中のようだ」

「そのほうが好都合というものでしょう。神輿《みこし》は担《かつ》がれていればよいのですよ」

「それはどなた様かと、同じものの言いよう」

「いかにも」

と麻島が高笑いした。

話はそこで切れた。

先に大奥のふたりが帰っていく。武士は再び深編笠を被り直し、立ち上がった。

輝也は武士のほうを尾けた。

京橋から日本橋のほうへ戻り、ひょいと曲がった。

おっとと。うっかり一緒に曲がってしまうところだった。輝也はあえて通りすぎた。横目でちらりと武士が進んだ方向を盗み見る。

おっ。

あれは留守居役駕籠ではないか。

さすがに驚いた。武士が乗り込んだのは、諸藩の江戸留守居役家老職だけが乗る立派な駕籠である。その藩の幕府との交渉を一手に引き受ける江戸家老は、はったりも含めて、旗本が使う権現《ごんげん》駕籠よりも立派なこの駕籠を使うのだ。

藩政事情が芳《かんば》しくなくとも、駕籠と屋敷、着物には金をかけている。

駕籠に『駿河田中《するがたなか》』とあった。譜代《ふだい》大名の藩だ。現当主は本多正寛《まさひろ》。奏者番《そうじゃばん》に就いている。奏者番は幕閣における出世の登竜門とされる。諸大名や旗本と将軍を取り次ぐ役なので、大目付、目付と並んで枢要《すうよう》な役とされている。

そこの江戸家老が何故、麻島と密談している。

父の賢哉からは、麻島様を探れとしか言われていない。この藪《やぶ》からいったいどんな蛇《へび》が出てこようというのだ。

輝也はすぐに浅草花川戸に向かった。

三

「あの方が本物の市沢団十郎さんで」

藤沢宿の飯盛旅籠『睦月楼』の前。

四文屋《しもんや》の女中が、取り巻きに囲まれて、上機嫌で暖簾をくぐる男を指差した。

「ほう、あれが天下の団十郎かい」

和清は肩を怒らせ睦月楼に向かった。雪之丞と団五郎が続く。

睦月楼の前には、飯盛り女たちが客引きのためにたむろしている。いずれも眼つきが悪く、逃げ慣れた旅人でなければ、強引に腕を摑まれ宿に引っ張り込まれてしまう。

相場は吉原の小見世《こみせ》か場合によっては切り見世同様、泊まりはせずとも相手をしてくれる。

和清たちが宿の前に進むと一気に取り囲んできた。

「天保座の座元、東山和清だ。田舎《いなか》芝居の一座が、団十郎先生にご挨拶に来たと伝えてくれや」

と一朱金（約六千二百五十円）を夜空に向かって放り投げた。

己でもちょっとせこいと思う。小判ならもっとかっこいいのだが、あまり無駄使いはしたくない。

女たちは地面に落ちた銭を拾うのに夢中になりながらも、

「天保座さんが、先生にご挨拶ですとぉ」

と叫んでくれた。

すぐに手代が飛び出してくる。

「案内してくれ」

と、ここでも一朱金を握らせる。するとすぐに大広間に通された。

「菊五郎《きくごろう》なんてぇのは大根もいいところだぜ。座って喋っているだけで様《さま》になるなんてぇ言われているが、それはこの俺が動きまわって客の眼を引いているからこそ成り立っているんでぇ。菊五郎なんざ、俺の添え物よ。座って喋っているだけの芝居なら、噺家になればいいじゃねぇかよなぁ」

団十郎と名乗る男の声がする。

ずいぶん威勢のいい物言いだ。

「そうざんすよねぇ。団十郎さんの見得《みえ》を見たくてみんな小屋に足を運ぶのですよ。菊五郎や勘三郎《かんざぶろう》なんて、それに比べたら小さい、小さい」

と取り巻きが追従《ついしょう》を述べている。旅の者らしい。

ここいらの商店の女将さん連中が団十郎の横に侍《はべ》って、冬だというのに団扇《うちわ》でさかんに扇いでいる。

団十郎の揮毫《きごう》入りの団扇だ。本座で売っている団扇なら錦絵《にしきえ》入りだが、こちらはそこいらの小間物屋で仕入れた無地の団扇に、墨汁《ぼくじゅう》で揮毫しただけのもののようだ。

「いまの勘三郎《かんざぶろう》さんは、八代目さんとはまた違った荒事《あらごと》では」

と和清はずいとその輪の中に入っていった。

当代の中村《なかむら》勘三郎は預《あずかり》十四代と称され、本流ではない。前の名は勘九郎《かんくろう》ではなく中村仲蔵《なかぞう》だ。派手な舞台で知られる。そして当代の市沢団十郎は八代目だ。

「菊五郎さんの芝居も俺は好きですね。特に新作は練り込んである」

雪之丞も輪の中に入り、胡坐を掻いた。

尾上《おのえ》菊五郎は三代目になる。初代の門弟で、実父は小伝馬町《こでんまちょう》の建具屋。尾上松緑《しょうろく》の養子となって三代目菊五郎を継いだ。狂言師や裏方と芝居を練り上げ、創意工夫を重ねることで知られている。

役柄も広く『兼ねる菊五郎』との呼び声も高い。

和清はこの三代目菊五郎から、ずいぶんと学ばせてもらっている。

本座の役者がそんなことも知らないのが、そもそもおかしい。

「なんだい、あんたたちは」

団十郎と名乗る男が片眉を上げた。田舎芝居の斬られ役のような上げ方だ。

「申し遅れました。あっしは浜町の控櫓『天保座』の座元、東山和清というけちなもので、ここにいるのは役者の瀬川雪之丞と市山団五郎でございます。八代目がいらっしゃると聞いて、これはご挨拶に伺わねば、と、はせ参じました」

和清が一気にまくし立てると、団十郎はあからさまにいやな顔をした。

「天保座さんがなんで旅回りをしているんだい」

団十郎の声が上ずった。たとえ控櫓でも、天保座は三座に次ぐ常設小屋として認められている。市村座が事情があって休演する場合は、即座に天保座が取って代わるのだ。

「はい、出し物の宝船が座から飛び出し、初湯を浴びに箱根に向かうという筋書きをそのままやろうって趣向でして」

「はぁ、ずいぶんと酔狂《すいきよう》なことで」

団十郎の眼が泳ぎはじめた。

襤褸《ぼろ》を出さないうちに、この場を去りたいという魂胆がありありと見えた。

もしも本物の団十郎であれば、逆にここでこちらの品定めをしてくるところだ。役者同士なら、ちょっとした所作や言葉遣いで、相手の度量を見極められる。

見たところこの団十郎は、ど素人《しろうと》だ。

役者風の言葉遣いをしているが、節々に武家言葉が絡む。

つまり浪人。そんなところではないか。

そうと踏んだら、思い切り恥をかかせてやろう。役者を騙《かた》ったら、どれほど痛い目に遭うか知ってもらわねばならない。

なにしろ客から金品を受け取っているのが気に入らない。

「どうでしょう。先生。あっしらに稽古を付けてくれねぇでしょうか」

先生と持ち上げてやる。

「なんと。田舎芝居の役者に稽古を付けろなどと申すのか」

ほら出た侍言葉。

「そうだそうだ。旅役者がずうずうしいぞ。団様の芸が汚れるってもんだ」

「ねぇ、あんたら邪魔しないでおくれよ。私らこれから浴衣に揮毫してもらおうってんだからさ」

取り巻きも喚きたてる。

「八代目っ。ただとは申しませんよ。十両（約百万円）包んできました。あっしらには、なけなしの米でござんす」

「米？」

団十郎が首を捻った。

ついに墓穴《ぼけつ》を掘った。役者でこの隠語を知らない者はいない。

「へい、米粒でござんす」

和清は懐から懐紙に包んだ小判を渡す。団十郎の顔が溶けた。夢見るような眼だ。

「見得だけ、見てもらえりゃいいんです。団十郎仕込みの見得とあれば、それだけで宿場の客は喝采してくれます」

雪之丞がうまく話についてくる。その場ですぐに芝居に入ってこられるのが、本職というものだ。

「まぁ、そうだろうねぇ」

団十郎がそれらしく首を回して見せる。下手くそもいいところだ。

「それで、もし、この雪之丞がある程度、形が出来ましたら『団十郎直伝』と一筆いただけねぇでしょうか。そしたらもう十両、明日のうちに工面《くめん》してきやす」

和清が畳みかけた。都合二十両（約二百万円）は、大きいだろう。

「見得だけでいいのかえ？」

また突然、下手くそな役者調の言い回しをする。

「もちろん、これから一刻（約二時間）ぐらいの間ですから、それだけで結構です。本音を言えば台詞回しなども見て欲しいのですが、そこまでは申しません」

「それぐらいならねぇ」

団十郎は喉を鳴らしていた。二十両、欲しいに決まっている。

「ぜひっ」

三人そろって頭を下げた。

「団様、行かないでくださいよ。私らに揮毫してくれる約束じゃないですか」

「そうですよ。俺たちも並んで似顔絵を描いてもらおうと絵師を呼んでいるんですぜ」

取り巻きたちが口々に不満を言う。

「みなさん、明日まで待っておくんなせぇ。天保座さんがこうまで言ってくれているんですよ。無碍《むげ》には出来ますまい」

団十郎は一回溜めを作って、おもむろに立ち上がった。

「では、行きましょう」

金がかかると、なかなかいい芝居をする。

和清たちが泊まる『吉祥楼』に戻った。

大広間を借りる。

「それじゃぁ、八代目、この雪之丞の見得を見てくだせぇ」

団十郎を用意した床几《しょうぎ》に座らせ、和清は舞台に見立てた床《とこ》の間《ま》のほうに顎をしゃくった。

「では元禄《げんろく》見得でよろしいですか」

雪之丞があえて言う。見得と一口に言っても、いくつもの切り方があるのだ。元禄見得は典型である。刀に見立てた六尺棒を持って演じる見得だ。

「あぁ、それでよい」

団十郎は適当だ。この表現すら知らない様子だ。おそらく何処かで見得を見せる場合でも、たぶん両手を大きく広げて、首を振る程度の素振りを見せていたに違いない。

「では」

といって、雪之丞が右足を大きく伸ばし、右手で六尺棒を握り、最後に腰を捻って左手を頭の後ろに掲げ、

「いよぉおおおお」

と、両目で鼻柱を見た。睨《にら》みである。

そこで動きをぴたりと止める。
一、二、三、四。
そのぐらいの間を取った。

裏方が別な宿に入っているので、団五郎が、付け打ちを買って出た。板を拍《ひょう》子木《しぎ》でカンカンカンと打ち鳴らす。

カンで止まったところで、雪之丞が右足を大きく上げて再び、前に伸ばす。

果たして団十郎は拍手した。

「たいしたもんだねぇ。よく出来ている。あとは場数を踏むだけなのじゃないのかい。とくに教えるとこはないが、左手をもう少し高く掲げたほうが、大きく見えるんじゃないですかね」

団十郎が調子に乗った。

「えっ？」

雪之丞がすかさず聞き返す。

「だから、左手をもう少し上に……」

「この素人がっ」

和清が床几を蹴った。団十郎がどすんと尻から畳に落ちる。

「何をするっ」

団十郎、いきなり目が据わった。

「左手なわけがねぇだろう。元禄見得は手も足も逆だろうが」

「そんなことも知らねぇのかよ。偽《にせ》団十郎が。てめぇ道中でどんだけ人を騙しやがった」

和清と団五郎がまくし立てた。

「えっ、いやっ、そんなことはない。真正面から見たので見間違えたのさ」

「やかましいやいっ。素人のお遊びならともかく、役者が上下《かみしも》間違えるかよ」

雪之丞が左足を大きく出し、六尺棒を左手に持ち替えた。そのうえで右手を頭の後方へ掲げる。

これが客が眼にする元禄見得の型だ。

芝居は型から入る。

台詞を覚える前にひたすら型を修行するのだ。

続いて団五郎が『石投げの見得』を披露する。これは『勧進帳《かんじんちょう》』で弁慶《べんけい》がやる見得だ。石を投げるような型をとったまま動きを止めて見せる。

これもぴたりと決まった。

「面目《めんぼく》ない。この通りだっ」

突然、団十郎は畳にひれ伏した。

「お武家か」

和清もその場に座り込んで聞いた。雪之丞と団五郎も座り込み、腕を組んだ。

「坂井半平太《さかいはんぺいた》と申す」

肩がぶるぶる震えていた。

「お武家が役者風情に頭を下げることはないでしょう。理由があるのでは」

負けを認めた相手を執拗《しつよう》に追い込むような真似はしたくない。心を入れ替えてくれればそれでよいのだ。

「二年前までは奥州《おうしゅう》の青秋《あおあき》藩の江戸詰め馬廻り役でござった。だが、殿は世子《せいし》に恵まれず、しかも二十二歳で急逝されたため、お家は断絶、それがし齢《よわい》三十で俸禄《ほうろく》を失ってしまった。浪人ゆえ、士分ではござらん」

浪人は町人と同じ扱いなのだ。

「それで役者の真似事でも始めたのかい」

団五郎がからかうような口調で聞いた。

「いや、拙者、剣術の腕前は少々あったので、幸いにもすぐに仕官の途《みち》が開けた」

「よかったじゃないですか。どちらの家臣に」

雪之丞が真顔で聞く。

「駿河田中藩本多家でござる」

「ほう……」

和清の胸が高鳴った。品川の梅安寺にたむろしていた浪人衆のひとりが本多家の印籠をしていたのを思い出したからだ。

「剣術指南役ということで仕官が叶ったのだが、妙なことを言われてな」

坂井は顎を扱いた。虚《うつ》ろな目だ。もう団十郎を気取る顔ではなかった。人は芝居をしていたほうが活気づくということもあるだろう。

特にこの男のように、落ちぶれてしまった者には、誰かに成りすますということで、別な命が与えられるのではないだろうか。

「妙なこととは？」

「家老から、ある者を攫《さら》うように命じられた」

「誰をです」

「それはわかりません。攫うための一党を起こしたので、その者たちに剣術を指南しろと。性《しょう》に合わぬ話なので、のらりくらり対応していると、徐々に嫌がらせを受けるようになった。上屋敷長屋の拙者《せっしゃ》の部屋の前に、肥やしを撒かれたり、いない間に夜具を切り裂かれたりだ。辞めれば、また一から出直しとなるので我慢したが、ときおり金子《きんす》も盗まれるようになったので、しかたなく賭場に通うようになったのが、厄難に輪をかけてしまった」

金を作りたかったようだ。坂井が続けた。

「その賭場通いで逆に借金を背負い、さらにはそのことが家老の知ることになり、追い出されてしまった。やくざが追い立ててくるし、江戸を離れるしかなかったわけだ」

「どこまで逃げた」

「箱根までだ。その先にいく手形がないから、まぁ、箱根から神奈川宿辺りまでを行ったり来たりだ。品川宿まで行ってしまえば、団十郎だとは言えないし、それに借金を踏み倒したものの、追うやくざもうろうろしている」

所詮は江戸をよく知らない地の者や旅人だけを騙していたということだ。

不運が続いているだけで、悪い男ではなさそうだった。なにより人攫いに応じなかったのは聡明な証拠だ。

「箱根にはずいぶんいたのか」

和清はそれとなく聞いた。

「何度となく行っている」

「この顔を知らぬか」

和清は懐からお蝶と小島直弼の似顔絵を出した。この旅に際して、自分で描いたものだ。

坂井半平太はじっと見た。

「はっきりはせぬが、湯本《ゆもと》にある小さな指南所にいた父娘ではないだろうか。よく似ている」

和清はおもわず雪之丞、団五郎と顔を見合わせた。ふたりも頷いた。

「坂井さん。我らが多少芝居を教えて進ぜよう。雪之丞、団五郎、見得を三種類と、勧進帳の弁慶の口上のこつを教えてやれ。にわか仕立てもそれらしく見えるようにな」

「なんと。そこまでしてくれるのか」

「ただし、ほどほどにやれ」

和清は雪之丞たちに目配せし、立ち上がった。あとはふたりにまかせることにする。

四

「筒井様にお客さまで」

数寄屋橋《すきやばし》の南町奉行所の役宅の庭で、弥助の声がした。

根岸《ねぎし》の隠居家で勝手に過ごしながら、筒井の手足となって、市中の様々な噂に聞き耳を立ててくれている。

御裏番である天保座との繋ぎ役も弥助がやってくれているのだが、それ以外の客を連れてくるなど珍しい。

公事宿の主人であったせいか、もともと揉め事、争い事が好きで首を突っ込みたくなる習性がある。

「はて？　誰だろう」

寝転んで戯作を読んでいた筒井はそのままの恰好で答えた。与力や同心には見られたくない恰好だ。

「開けます」

「うむ」

弥助が障子戸を開けた。冷たい風が入ってくる。

「捕物帖ですね。面白いですか？」

「いや、出鱈目《でたらめ》な探索ばかりだ。こんなあからさまな扮装をした隠密廻りなどおらんよ」

近頃の戯作は同心物が流行《はや》りのようだが、芝居じみていてどうも好きになれない。筒井は戯作本を放り投げて、起き上がった。

「宿のほうに、賢哉様と名乗る御隠居がおいでです。こちらにご案内いたしますか」

花川戸からわざわざ来てくれたようだ。公事宿を通すとはさすがは元茶坊主、こちらのことをすでに調べ上げているようだ。

「いや、わしが出向こう」

筒井は腰を上げた。弥助に続き、庭からこっそり奉行所を出た。『桜田楼』は南町奉行所から歩いてすぐの位置にある。

公事宿は単なる宿ではない。奉行所に訴え出たい面倒を抱えた人が、公事宿に泊まりながら、訴訟のさまざまな手続きについて教えて貰《もら》ったり、代わって訴状を書いてもらったりするのだ。

筒井は奉行とわからぬように袴もつけずにやってきた。寝転んでいたので髷も少し曲がっている。

二階の奥の座敷に通される。

賢哉は下座に端座していた。痩せてはいるが凛《りん》とした佇《たたず》まいである。

「賢哉殿、こちらから参ったものを。不恰好ご容赦を」

筒井は着物の皺を伸ばしながら座った。

弥助が茶を淹れ、すぐに立ち去った。

「いえ、少々急を要するお話でございまして。不調法とは知りつつも、押し掛けてしまいました」

賢哉は笑みをたたえていたが、すでに御裏番についても承知しているのだろう。そうでなければ、弥助を使うはずがない。

「急な用件とは、早速お聞きしましょう」

「あれから本丸にいる倅が、麻島様を見張りました。それでいくつか解けて参りました」

「ほう」

と筒井は茶を啜った。

「日本橋『高縞屋』の跡取り、松之助を攫ったのは駿河田中藩の家中の者たちかと。おそらく浪人に見せかけているが、江戸上屋敷勤めの腕の立つ番方でございましょう」

賢哉は筒井の背後の床の間にある掛け軸を見やり、眼を細めている。福禄寿の墨絵。木挽町家狩野《かのう》派の六代目狩野典信《みちのぶ》の肉筆によるものである。

誰も表絵師の真作などと思わない。わかる者が眼を凝らすのを見るのを、弥助は楽しみにしているのだ。悪趣味な爺さんだ。

そして尋ねられると決まって答えるのだ。

『よくできた贋作《がんさく》でございます』

と。今日もいかにも風流人《ふうりゆうびと》にみえる賢哉の眼を確かめたくてこの座敷に通したのであろう。

城内で奥絵師の描くさまざまな絵をみてきた賢哉である。

「筋が読めませぬが」

筒井は本題に思考を戻した。

「麻島様と駿河田中藩の江戸家老、桐原正善《きりはらしょうぜん》が密談していたところを、倅がはっきりと見ております。そこで松之助さんの処遇について語り合っていたと」

賢哉は床の間を凝視したまま言う。掛け軸に見惚《みと》れているようでもあった。

「駿河田中藩といえば現当主は本多正寛様。奏者番でござるな」

筒井はわざと少し身体を下手に寄せた。掛け軸が見やすくなったのではないか。

「さよう。譜代大名として順調な御出世ぶり、わざわざ面倒を起こすとは思えませぬ。これは江戸家老、桐原正善の独断ではないかと」

「麻島様は、次期将軍と目される家定様の母、お美津の方様の覚えめでたいと聞きます。いまさら御落胤などが出てきたら、むしろ困るのではないですか」

筒井はありていに聞いた。

「さにあらず、で、ございます。当代の家慶様は、いまだ大御所、家斉様の言いなり。四男、家定様を嗣子《しし》と決定もしておりません」

それも大御所への配慮であろう。早々に徳川十三代目を決めてしまえば、十一代だった大御所が、さらに過去の人という印象になってしまう。

「西の丸の院政に一番苛立《いらだ》っているのは水野様でしょうな」

筒井がため息まじりに言った。

「おそらく」

「そしてその御落胤の存在を知るのは、賢哉様が御城を出た後は、麻島様しかいなくなったと。果たしてそれだけで証《あか》しが出来るものでしょうか」

筒井は首を捻った。

御落胤の話は巷《ちまた》に溢れ、そのほとんどが騙りであることが多い。当の将軍なども記憶にないことも多く、老中は簡単に認めようとはしない。

「御伽坊主がおります。お春が夜伽の勤めをした際に見届けていた尼です。これはきちんと幕閣老中に申し立てをすれば、家定様より先の種と明らかになるでしょう。天祐尼という御伽坊主が、先日、麻島様の増上寺代参の際に帯同し、帰途の際に『高縞屋』に立ち寄り、お春と顔を合わせたそうです。様子を伺いに行ったものと思います。そこで松之助さんがいなくなったとお春が漏らしたので、安心するようなことを言ったようです」

「みずからの手中にあることは伝えていないのだな」

「さようで。ずる賢い連中です。ですが誤解もされています。倅が天祐尼の真後ろにいたのをお春に気づかれました。倅の顔に拙僧の面影《おもかげ》を見たのでしょう。お春は拙僧が、倅に探索を命じたと感じたでしょう」

「なるほど、そうなればお春は口を堅く閉じて、事態の推移を見守ろう。天祐尼の言う通り、奉公に出したことにしてしまうであろう。賢哉殿、麻島はこの先どう動くと推察なさる」

大奥上﨟の動きなど、町奉行には読めぬ。

元西の丸の茶坊主に聞くのが一番だ。

「おそらくは、松之助さんを嗣子とさせるべき時節の到来を待っているものかと拝察します」

「その時節とは？」

「それはわかりませぬ。恐れ多い物言いになりますが、大御所様、家慶様、そして家定様を亡き者にしようという謀略があるやもしれません」

「なんとっ」

筒井は眼を剝《む》いた。

「大御所様がお元気すぎるのを、本丸老中は煙たがっています。いつまでたっても、自分たちの思うようにはなりません。家慶様もこの間に、徐々に将軍としての知恵がついてまいります」

賢哉がそこで筒井の眼を覗き込んできた。

「それこそが大御所の狙いであろう。老中たちの傀儡《かいらい》にならぬように、ご自分の五十年にわたる経験をそれとなく伝えているのですよ」

徳川家斉の人となりをよく知る筒井は、常々そう感じている。

「そして、そろそろ二の丸で暮らす家定様に君子の在り方を伝授しようとなさるでしょう。そうなれば、老中たちはますますやりにくくなります」

将軍は政治《まつりごと》のことなど知らぬほうがよいと考えているのは、老中、若年寄たちだ。

特に老中首座の水野忠邦《ただくに》は、己が立てた改革案をすべて西の丸に潰されているので、煙たくて仕方がないはずだ。

商家で育った松之助を征夷大将軍《せいいたいしょうぐん》に担ぎ上げれば、すべて水野の思い通りになろう。

――そうか、水野か。

筒井は得心した。水野が絡んでいるとすれば、相当大掛かりなことまで出来る。攫った御落胤を譜代大名領の駿河田中藩に隠そうというのも、水野ならではの考えであろう。徳川所縁《ゆかり》の駿府《すんぷ》城に近い。

「筒井殿、もはや御裏番の手を借りる時期かと」

賢哉の目が鋭く光った。やはり知っていた。

「お互い大御所様の臣下のようですな」

「はい。拙僧はいまも西の丸派でございます」

互いに眼を見合った。そして静かに頷き合った。

筒井が咳《せき》をすると、すぐ襖が開いて、弥助が入ってきた。

「弥助、天保座に伝達を頼む」

「はい？」

さすがに弥助の眼はこれ以上ないほど小さくなった。なにせ天保座は旅の空の下にいるのだ。

「頼む」

「はい」

弥助が座ったまま腿を摩《さす》った。古希《こき》は過ぎています、という顔だ。

筒井は目を伏せた。弥助が行かない限り、東山和清は江戸へ戻れという伝達を信用しないはずだ。

彼らが御裏番の任務と心得るのは、筒井自らが伝える以外は、この弥助から案内された場合だけだ。弥助が行けば、天保座がたとえどんな状況でも、彼らは引き返してくる。これ以外の手がないのだ。

弥助はがっくりと頭《こうべ》を垂れた。

そのとき唐突《とうとつ》に、

「御隠居、よくできた贋作ですな。まさに狩野典信の筆致のようだ」

と、掛け軸を見ていた賢哉が言った。

「お褒《ほ》めいただき恭悦至極《きょうえつしごく》でございます。よろしければ差し上げましょう。おっしゃるとおり贋作でございます。お気兼ねなくお持ちください」

弥助は立ち上がり、床の間に進むと掛け軸を取り、するすると丸めて賢哉に差し出した。

おいおい、いいのかよ、爺い。筒井は目を瞠った。

賢哉もぽかんと口を開けている。

「こ、これは……」

むりやり受け取らされ、賢哉は絶句した。

「へぇ、あっしは、もう見ることもないかもしれませんので」

弥助が癇癪《かんしゃく》を起こしたようだ。筒井にあてこすっているのだ。まだまだ矍鑠《かくしゃく》としているではないか。筒井はそっぽを向いた。

第四幕　花簪《はなかんざし》

一

「勝之進さん、ご無事で」

組屋敷の植草家の生垣の前で、素足に下駄をはいたまま待っていたお蝶は、微《かす》かに震えているように見えた。

霜月《しもつき》（十一月）も半ばだというのに、素足に下駄をつっかけたままなので、それは寒いだろう。

「お蝶、なんかあったのか、どうしたんでぇ」

巻羽織に朱房の十手をぶら提げた植草勝之進は、肩を押さえながら首を傾《かし》げた。

「神田で大捕り物があって、囮《おとり》になっていた同心がふたり斬られたって聞いたものだから。勝之進さんではないかと思って」

お蝶は唇まで震わせていた。

和清がまだ南町奉行所の隠密廻り同心で、植草勝之進と名乗っていた時分のことだ。

ながらく房州《ぼうしゅう》に隠れていた盗人《ぬすっと》伊三郎《いさぶろう》の一党が江戸に舞い戻っていると、市中にいる間者が知らせてくれたので、和清は、町人に扮して伊三郎がよく顔を出す神田の蕎麦屋を見張っていた。

三日ほどで伊三郎を見つけ出し、一党の隠れ棲《す》むのが木場《きば》の番小屋であることも特定出来た。

そこから神田の油問屋『出石油堂《いでいしあぶらどう》』が狙われていることが判明するに至った。和清と同輩の川崎秀憲《かわさきひでのり》が手代に扮し、店を閉めた後の土間に隠れていた。菜種油のたっぷり入った大甕《おおかめ》の背後である。

周囲の路地に捕方《とりかた》を三十名配し、網を張った。

宵五つ半（午後九時頃）、伊三郎一党はやってきた。足音がして甕の脇から出ようとしたとき、いきなり斬りつけてくる者があった。

手代のひとりだった。伊三郎一党に通じており、戸を開ける手助けをしようとしていたらしい。

「こんなところに隠れてるとはな、くそ同心めっ」

手代はいきなり匕首を持って襲ってきた。和清たちは、このとき扮装の手前、刀を持っていなかったので、油を掬う柄杓で応戦したが、肩口を斬られたのだ。

小袖の上からだが、肌がざっくり割れる傷を負った。同輩の川崎が手代に代わりこっそり戸を開けると、黒装束の伊三郎一党が、一気に躍り込んできた。こうなれば袋の鼠《ねずみ》だった。

待機していた捕方が刺股《さすまた》、袖搦《そでがらみ》、突棒《つくぼう》を駆使して一党を追い込んでいく。あとは捕方の役目だった。

和清と川崎は一心に裏口に向かって逃げたが、破れかぶれになった伊三郎から川崎が一太刀浴びた。

とはいえ所詮破落戸《ごろつき》の剣、刃先で小袖の背中が破れただけのようだった。ともに無事脱出し奉行所で着替え、帰途についたまでだ。

「おおげさに伝わっているようだな。どうってことないよ。ほら」

と、和清は片肌を脱いで見せた。

「あっ、深いじゃないですか。まだ血が出ていますよ。鶴庵《かくあん》先生っ」

お蝶は大声を出して、隣家の実家に駆けていった。小島直弼の家は庭の離れを金創医《きんそうい》の鶴庵に貸していたのだ。同心はその俸禄だけでは心もとないので、貸間をして稼いでいる者が多い。

そういえば、いまごろになってずきずきと痛みだしてもいた。

鶴庵に見せると呆れられた。和清自身は背中を見られなかったので、気づかなかったが、刃先は思いのほか深く入っていたようだ。

鶴庵は日頃は常磐津《ときわず》ばかり唸っている遊び人だが、これでも葡萄牙《ぽるとがる》の医術を習得した名医だ。その診立てには定評がある。

「放っておけば、傷口から汚れが入り、大病になるやもしれんぞ。さぁ、来いっ」

と鶴庵の家に連れていかれた。

恥ずかしながら、その後すぐ和清は気絶してしまったのだ。金創医の療治があれほど激痛を伴うものだとは知らなかった。

匕首で斬られ、深く裂けている傷口に、酒をかけられただけで全身に激痛が走った。開いた傷の間に薬を塗られた時は、もう額から汗が噴き上げ、お蝶が側《そば》にいるのを知りながらも、餓鬼《がき》のように大声をあげて泣き叫んでしまった。

じたばたする足をお蝶と父の直弼が押さえつけていたようだ。

その後の縫い縛りに入った瞬間に、あまりの激痛で気を失っていた。

目を覚ますと、枕元にお蝶が座っていた。ぼろぼろと涙を溢《こぼ》している。

「どうした？」

と声をかけると、お蝶はぎょっとした顔をして、のけ反《ぞ》った。

「なんだよ、お化けでも見たような顔をして」

「勝之進さん、生きているんですか？」

「えっ？」

今度は和清が首をひねる番だった。

「だって、鶴庵先生と父上が、残念、無念だ、と言ってここを出ていきましたから。私はてっきり」

お蝶の顔が泣き笑いになった。

「あの、くそ医者、洒落にもほどがある。それに小島様までっ、うわっ、痛《いて》っ」

上半身を起こそうとして、再び激痛に見舞われて顔を歪《ゆが》めた。

「嬉しい。生きていてよかった」

結局、お蝶はまた泣いた。組屋敷中に響くのではないかというほどの大声で泣いたのだ。

「いやぁ、まったくみっともない姿をさらしてしまった。かっこ悪いや」

和清は天井を睨んだ。日頃から兄貴風を吹かせ、江戸市中でも一目置かれる同心ぶっていても、刃物で斬られた傷口の縫合《ほうごう》ぐらいで、餓鬼のように喚いたのだ、呆れられてもしょうがない。

「かっこ悪いところを見られて、私はよかったです。勝さんも、人なんだと思えました」

お蝶に勝さんと呼ばれたのは、このときが最初だろう。

「人じゃなきゃなんなんだよ」

「同心です。下手人を追うことだけにとり憑《つ》かれている同心です」

「そりゃ、お役目ってもんだ。俺は役目よりも芝居のほうが好きだ。殺伐《さつばつ》とした隠密廻りなんざ、好きでやっているわけじゃない。いずれ、定橋掛《かかり》か風烈廻《ふうれつまわ》り同心にしてもらえるように頼むさ」

「安心しました。でも吉原同心にだけはなって欲しくないですよ」

お蝶が言って、はっと下を向いた。女房気取りで言ってしまったことを悔いているのだ。

「なあにお蝶に心配はさせねぇよ」

気づくと和清も亭主のような口調になっていた。はっきりした約束はしていなくとも、このころから自分たちは、夫婦《めおと》になることを意識していたのだと思う。

「勝さん、少しよくなったら、どこかにお参りに行きましょう。お役目柄、御守札を身につけるのは大事です」

「そうかもなぁ」

常ならばそんな神頼みなどいらぬわ、と答えるところだが、この日はお蝶の泣き顔を見て、心が素直になっていた。

半月後、ふたりで神楽坂《かぐらざか》にある『善國寺《ぜんこくじ》』に出かけた。毘沙門天《びしゃもんてん》である。参拝し、勝運と厄除けの御守札を買った。

帰りに屋台で天ぷらを食べ、お蝶は土産物屋で簪を買った。色とりどりの羽二重《はぶたえ》の絹布《けんぷ》を重ね合わせた朝顔模様の飾りを付けた簪だ。

「勝さん、挿してくださ い」

いつになく甘えた調子で言ったのを覚えている。

和清は湯呑をふたつ買った。お蝶が来たときに揃いの湯呑で茶を飲むのも悪くないと思ったからだ。

いまにして思えば、あの簪ぐらいは買ってやればよかったと思う。照れくさくて、そういうことが出来なかったのだ。きっとお蝶は、和清から貰いたかったに違いない。

お蝶と義父になるはずだった小島直弼の乗った船が大川で転覆し、行方不明になったのは、その二年後のことだ。

植草勝之進という名は同心株と共に売った。

いまは東山和清という芝居屋だ。お蝶も知るまい。

和清は胸のあたりを叩いた。そこに毘沙門天で買った守り札がある。お栄がわざわざ着物の裏地に袋をつくってくれたのだ。芝居衣装以外の和清の着物にはすべて、この守り札を入れる袋が付いているのだ。

あの湯煙が立ち上る里に、お蝶はいるだろうか。

天保座の一行は、いよいよ箱根の湯本に入ろうとしていた。

二

「御一統さん、お待ちしておりました。箱根　鉞《まさかり》一家の金太郎《きんたろう》でござんす」

湯本の入り口、饅頭屋の前で、興行元を引き受けてくれた地元の親分が十人ほどの若衆を引き連れて出迎えてくれた。

通り名だろうが箱根の金太郎とは笑わせてくれる。実際、千楽はくすくすと笑った。

金太郎親分は眼つきこそ鋭いが狸《たぬき》顔で、鉞の紋が入った半纏がよく似合う。

「お世話になります。三日の興行、よろしくお願いいたします」

和清は礼を言い、手土産の菓子折りを差し出した。小田原宿で買っておいた蒲鉾の包みである。

もちろん箱の中は蒲鉾だけではない。小判もたっぷり入っている。

箱根宿は他の宿場とは趣《おもむき》を異にする。温泉場なので湯治客にたかる無頼漢《ぶらいかん》も多い。また関所のある宿場として役人の眼も厳しい。

どちらにも精通した地の者の案内がなければ興行は成り立たない。

「早川《はやかわ》沿いに空き地を用意してあります。塔ノ沢《とうのざわ》です。そこに小屋を建てるといいです。宝船を浮かべる筏《いかだ》も用意してありますんで」

「至れり尽くせりのこと、お礼の言葉もありません」

「なあに、そこいらの旅の一座ならともかく、江戸の控櫓の天保座さんが、わざわざ旅興行にやってきたんだ、あっしらも気張らないわけにはいかねぇ。前売りは上々でござんすよ」

　ここらは金太郎親分の先導で進んでいく。まず湯本の歓楽街を通る。一座がわざわざ声を出さなくとも、鉞一家の若衆たちが、

「天保座のお通りでぇ。さぁ、開けた、開けた」

と引き札をばら撒きながら、通行人を掻き分けていく。

　飯盛旅籠の前で強引に旅人の腕を摑む留女《とめおんな》もさすがに地の者の前では、暖簾の奥へとひきさがっている。

　和清はどこかでお蝶が見ていないかと、通りや旅籠の二階から顔を出して覗いている人々の顔を探る。残念ながらそれらしき顔は見当たらない。

「座元さん、箱根は七湯ありましてね、うち六湯は早川沿いに連なっているんでさぁ。残りのひとつは駒ケ岳《こまがたけ》にある芦之湯《あしのゆ》で」

金太郎はだみ声だ。浄瑠璃《じょうるり》を唸らせたら、さぞかしさまになるだろうという声だ。

「もう、あちこちからいい湯の匂いがしてきますね」

和清は思い切り息を吸い込んだ。

「湯本は賑やかすぎるんで、塔ノ沢にしました。まずは草鞋を脱いで湯に浸かってくだせぇ」

「そうですね。せっかく箱根に来たのですから、まずは湯浴びと洒落こみましょう」

背後から座員一同のやんやの声が上がる。

「これが天保座にとっては初湯だ。座元、そう思いましょう」

千楽が珍しく甲高い声を上げた。

「そうだな。箱根のお山を見上げながらの初湯だ」

「ところで座元の旦那、先触れの文《ふみ》にあった手習所ですがね、ひょっとしたらと思う家を見つけました。湯本です。明日にもうちの若い者《もん》がお連れします」

金太郎が静かに言った。すぐにも行きたいところだが、気持ちを抑えた。座員の手前もある。まずは湯浴びだ。

塔ノ沢の旅籠に入った。

『鈂の宿』。

ここも鈂一家がやっているようだ。

当然飯盛旅籠だが、気を遣ってかその手の女たちの姿はなく、年増の女中が丁寧に迎えてくれた。

草鞋を脱ぎ、盥で足を洗ってもらうと、生き返った心持になる。筋張った脛が緩んでいくと、そのまま気持ちまで朗らかになるのだ。

割り振られた部屋に入って丹前《たんぜん》に褞袍《どてら》を着る。

するとすぐに、男衆が廊下で声を張り上げた。

「支度《したく》が出来た方から、湯殿にご案内いたします」

どやどやと座員が出てくる音がする。

「女湯は別なんだろうねぇ」

お栄の声だ。

「さようでござんす」

「お栄さんは一緒でもいいんじゃねぇか。むしろ雪の字は女湯に回ってもいいし」

団五郎が軽口を飛ばしている。

「団五郎っ。あんたに渡す結びには山葵《わさび》を山盛り仕込んでやるよっ」

「お栄をからかうと、必ず食い物で仕返しされるぞ」

和清も廊下に出た。

ほとんどの座員が、ぞろぞろと男衆について、旅籠の裏側の戸口から出ていく。

早川に沿って、いくつもの小屋が建っている。

小屋や衝立がなく、おおきな湯桶だけが置かれている湯殿もあった。

というか辺りは湯煙だらけだ。江戸でこれだけの煙が上がったら火消しが走りそうだ。

多くは引き込み用の水路で源泉から熱湯を導き、早川から汲んだ水で割っているようだが、中には源泉を引いたまま、冷めるのを待って入る湯殿もあるという。男衆いわく、通はこちらを選ぶという。

河原を掘って木枠で囲いをしただけの、池のような湯殿があった。

源泉からそのまま湯が流れ込んでいる。

「ここはだいぶ冷めていますよ。でぇじょうぶじゃねぇでしょうか」

男衆のひとりが、湯に手を突っ込み、掻きまわしながら教えてくれた。

「それなら、俺はここにするぜ。江戸っ子はちょいと熱い湯にへぇってがまんするもんだ」

和清はぱっと縕袍と丹前を河原に脱ぎ捨て、檜《ひのき》の木枠で囲まれた源泉湯に、どぶんっと入った。

熱いっ。死ぬほど熱い。何がだいぶ冷めていますよだ。とんでもねぇ。そもそもが睦月の冬空を歩いてきたのだ。身体が冷え切っている。そこで、まだ熱い源泉に飛び込んだのだから、たまったものではなかった。

だが、ここで喚いて飛び上がっては、東山和清の名が廃る。

「ぅぅぅ。いい湯だ」

和清は気張った。精一杯気張った。

ただこの湯、肩の古傷には効くような気がする。すでに治癒し傷跡もわずかにしか残っていないが、じわりとそこの部分だけが温まってくるのだ。

「あっしは、人前で肌を晒《さら》す気はないんで、向こうの囲いのある湯にへえってきます」

雪之丞は和清をせせら笑うようにして、先へと進んでいった。千楽と松吉も続く。

「おいらは座元に付き合いましょう。せっかく箱根に来たんだ。源泉に入らねぇともったいねぇ」

大道具の半次郎もさっと脱ぎ、入ってきた。足を入れた瞬間、顔を顰めている。

「くぅう」

口を一文字に結びながら入ってくる。

「座元、いい湯だねぇ」

半次郎、白い雲に覆われた空を睨んでいる。根っからの江戸っ子だ。

「なら、俺もこっちにするわいな」

団五郎も続く。

雪之丞に続く天保座の二番手役者が河原で真っ裸になった。粋を気取って飛び込んできた。やめとけっ、と言う間がなかった。

「あぁあああ。わっちっち。これじゃ釜茹でじゃねぇですか。俺は石川五右衛《いしかわごえ》門《もん》じゃねぇ。わわわわっ」

団五郎は湯を蹴り、飛び出した。下半身が丸見えだ。

ちょうどそこに女湯に向かう天保座の三人の女が通りかかった。

「みっともないよ。見たくもないもの、こんなところで出さないでおくれっ」

お栄が啖呵《たんか》を切った。結髪のお芽以は顔を赤らめた。大道具のなりえは、じっと覗き込んでいる。

「なりえちゃんっ」

お栄に頭をはたかれ、なりえがべろを出す。

三人の女は、四方を板で囲まれた女湯へと入っていく。

「お栄さん、またお尻大きくなりましたぁ」

「うるさいわねぇ。あんたの味噌汁には毒を盛るわよっ」

なりえとお栄の声が河原に響いた。

「座元、明日、湯本でご対面となればいいですねぇ」

半次郎がしみじみ言う。

「そうですがねぇ……」

和清も空を見上げると、白い雪の欠片《かけら》がちらほらと降ってきた。じきにどんどん降ってきた。

湯は熱い。外は凍《こご》えそうだ。

これでは、出るに出られない箱根の湯だ。なんだか空が行く手を示しているようで、和清は顎を扱いて考え込んだ。

三

「ないのよねぇ」

湯から戻ったお芽以が、騒いでいる。

「どうしたの」

と相部屋のなりえは聞いた。

「ここの乱れ箱に着物と一緒に入れておいた櫛と簪がないのよぉ」

日頃から肝の据わったお芽以だが、いまは狼狽《うろた》えている。湯に行く際に宿の丹前に着替えたが、お芽以は着てきた小袖を綺麗にたたみ、その中に隠すように櫛と簪を入れたはずだ。

なりえもそれは見ていた。

お芽以が狼狽えるのも無理はない。この女の持っている櫛や簪は、誰もが挿すような代物ではないのだ。

簪は実は筒状になっている。上の飾りを外して穴から吹くと、先から矢が出る仕組みだ。

半刻（約一時間）前、お芽以が隠した簪には鬼灯《ほおずき》の形をしたビードロ玉の飾りがついていた。

櫛にも仕掛けがあった。

一見するとどこにでもある木製の梳櫛《すきぐし》だ。歯は十五本。だが、その櫛を両手で挟んで揉むように擦ると歯が替わる。木の歯ではなく、細い釘が出るのだ。

二枚の板を張り合わせた仕掛け櫛である。

御裏番としての仕事の際に、お芽以はこれを使う。天保座の面々だけが知っていることだ。

だから雪之丞も団五郎もお芽以に頭を結ってもらうときは、必ず、

「殺さねぇでくれよ」

と言う。

「私らの稼業を知っている者の仕業《しわざ》かしら」

お芽以は不安げだ。

「いや、私が見ていた限り、そのような気《け》はなかったわ」

なりえは元御庭番だ。どんなときにも四方に眼を光らせている。五感で嗅《か》ぎ取る習性が付いている。

天保座には同じような修行をした者がふたりいる。

一時は裏同心だった座元と、甲賀者だった雪之丞だ。ふたりからは何も聞いていない。怪しい者たちの影があれば、ただちに眼で教え合うのだ。

今日までで、それを感じたのは出立した日に芝大神宮の参道で会ったきりだ。

あの者たちが追ってきたとは思えないのだ。

「宿場狙いの盗人かしら」

お芽以は廊下側の襖を睨んだ。

人がいる気はない。

「ここはやくざの親分がやっている旅籠だよ。本職の盗人ならわざわざここでやらないでしょう」

「上方からの流れ者とか？」

関所をうまく潜った上方からの流れ者が、ここを鉱一家の宿とは知らずに的に掛けたということもある。

「いつもならそれもあったと思う。だけどほら、今日は飯盛り女も置かずに、いかつい男衆が揃っているでしょう。悪党ならすぐに気がつくわよ」

なりえは本職はありえないと踏んだ。

「堅気の出来心？」

お芽以が虚《うつ》ろな目で言った。

「それが一番近いね。巾着は、おたがい帳場に預けていてよかったわ」

「まぁ、巾着とかをやられたほうが、あたしゃ、よほどよかったんだけど。幸い得物は他にもたくさん持ってきているからよいんだけど」

お芽以はやはり悔しそうだ。銭では買えないものだ。

奪った者が得物だと気が付かなければよいのだが。

階下が騒がしくなった。

半次郎と松吉が大声を出しているようだ。どたばた数人が廊下を走る音もする。

「行ってみようよ」

なりえはお芽以に顎をしゃくった。

ふたりで階段を降りる。騒がしいのは大広間だ。

「道具箱に入れていた火薬球がねぇんだ。おかしいぜ。それに木工用の小刀もねえ」

松吉の顔が青くなっている。さっきまで湯に入って真っ赤になっていたというのに、だ。

「松の字、こっちの道具箱にあった弁慶の突棒もねえんじゃないか」

半次郎が並んでいる葛籠《つづら》のひとつを開けていった。

この大広間は、大道具、小道具の置き場所に使わせてもらっていた。

「どうしたいっ」

座元がやってきた。茹蛸みたいな顔になっている。いずれ源泉湯で、我慢比べをしていたのだろう。

親方ふたりが事の次第を話したので、なりえもお芽以の背中を叩いた。

「あたいもなんです。得物の簪と櫛がやられました」

お芽以が引き攣っている頬に手のひらを当て、思案顔になった。

「おいおい、それじゃぁ全部、喧嘩道具になっちまうじゃないか」

和清が唸った。

そこへ、騒ぎを報された鉞一家の金太郎親分が、額に汗を浮かべながら、駆け込んできた。

「客分、どうなすった」

「いやぁ、あっしらの勘違いかも知れないのですが、小道具がいくつか見当たらなくなりましてね」

和清はやんわり答えた。

裏稼業のことなど口が裂けても言えない。いずれも小道具だと言い張るしかないのだ。

「まぁ、私の簪や櫛なんて、深川《ふかがわ》の小間物屋で買った安物だし」

お芽以も調子を合わせた。

「いやいや、どんな小せぇ物でも、この宿で消えたとなっちゃ、あっしの顔がたたねぇ」

金太郎の顔が狸から鬼に変わった。

「やい、権八《ごんぱち》、てめぇ何してやがる。裏の庭に男衆、女中、下働き、全員集めろ」

後ろに伏していた若頭と思《おぼ》しき男を烈火のごとく怒鳴り、その顎を思い切り蹴り上げた。やくざはこうしたとき、まず手下を怒鳴って煙《けむ》に巻こうともする。

自分たちの責めを小さくするためだ。

「親分、本当に気になさらねぇでください。ここに来る前に落としたかもしれねえし、芝居一座ってぇのは座員同士で、悪ふざけをすることもありますんで。何《なに》卒穏便《とぞおんびん》に」

　和清が必死に丸く収めようとしていた。

「さすがは天保座の座元さんだ。人として出来ている。決してこの鉞一家に恥をかかせまいという、そのお気持ち、痛みいりやすぜ」

　金太郎、武士のような口調で言っている。

「けんど、宿の者もたまには、引き締めんとならんのです。俺らはやくざ者でげすが、宿は客商売。堅気の皆さんに迷惑はかけられない。こっちはこっちの事情で、ちょいと調べさせていただきます」

　金太郎はそう言うと、権八にもう一発ビンタをくれて、部屋を出ていった。

「あの親分さん、ちゃんとした俠客《きょうかく》のようですね」

　なりえがぽつりといった。

「あぁ、立派な人だ。松吉、あの親分に似合いそうな鉞をひとつ作ってやんねえ。見栄えのするのをな」

「任せてくんなせぇ」

和清に命じられた松吉が胸を叩いた。

しばらくして男衆のひとりが大広間に呼びにきた。

「座元さん、ちょいと裏へお運びください」

「おうっ。皆も一緒に来い」

和清に従い、なりえたちも宿の裏へとついていった。

金太郎が険しい顔をしていた。

「なんとも面目ねぇ」

和清を見るなり膝に両手を突き、腰を折った。やくざが仁義とやらを切るときの恰好で、相手を立てていることになる。やくざなりの謝罪の姿勢というわけだ。

「親分、よしてくださいよ」

和清が慌てている。

「いやぁ、座元さん、ここの宿にいる者をすべて集めたら、ひとりいねぇんですよ」

「あぁ、はい」

和清は曖昧《あいまい》に返事をした。いまここで窃盗《せっとう》の下手人を見つけ出されても困るのだ。とくにお芽以の簪と櫛の絡繰《からく》りは、座員以外の者には知られたくない。

「仲居です。およねという去年の暮れからいる仲居がいねぇんです」

金太郎が呻《うめ》くように言った。

「でも、その仲居さんが盗《や》ったとは、決まってはいないのでしょう」

お芽以が指で鉤形《かぎがた》を作った。

「この宿に来たときからちょいと怪しかったんです。客のいない隙に、いつも部屋に上がり込んでいるのを、おいらは何度か見ていました。いや、何かを盗ったのを見たことはねぇんです。それに今日まで、客から何かがなくなったと聞いたことはねぇですし」

宿の男衆が地面に膝を突いて、そう言った。顔のあちこちに血が滲《にじ》み、腫《は》れあがっている。相当殴られたようだ。

「このぼんくらが、およねと懇《ねんご》ろになりやがって、口封じされていたんです」

そこで金太郎は履いていた下駄を脱ぎ、その男衆の顔を下駄の歯で思い切り殴った。鼻から血飛沫が上がる。

「すんませんっ。まさか盗みを働いているとは、思っていなかったんで」

「まぁまぁ。親分さん、焼きを入れるのはそのぐらいにしてやってください。あっしらは、それほど上等なものを失ったわけではないので」

座元が必死にとりなした。とにかく大事にしたくない。

「そこの髪結いさん。簪と櫛は湯本の小間物屋で好きなのをそれぞれ十個ばかし買ってください。払いはうち持ちです。権八が今日のうちに言っておきますので。親方さんの道具のほうはなんとかこれで」

と金太郎が一両差し出してくる。

「かえって申し訳ないです」

「本当に」

お芽以と松吉はあっさり受け入れた。ここで押し問答をしても始まらないからだ。

とりあえずここで手打ちとなった。和清と共に宿に戻り、芝居の段取りを確認し合い、稽古に入った。

明日は小屋の設営だ。裏方は忙しくなる。なりえは早く寝ることにした。

四

宿の朝飯は、めざしの焼き物に卵焼き、それに梅干しだった。この梅干しがうまかった。しょっぱいのなんのって、この一粒で白飯がどんぶりで三杯は食える。

湯本にある店の梅干しらしい。腐らず百年は持つという梅干しは旅人には欠かせない。ここから関所のある駒ヶ岳まですら相当な山道だ。ところどころで梅干しを舐めて気合を入れて歩くしかないだろう。

満腹になった和清は、迎えにきた権八と共に、湯本に向かった。お蝶らしい娘がやっているという手習所へ案内してもらうのだ。

下り坂がやけに楽しい。

上り坂と異なり人生が巻き戻っていくような気がするのは、お蝶と一緒だった頃が戻ってきそうな気がしたからだ。

「湯本の入り口の近くです。早川を渡った向こう側でさぁ」

土産物屋や蒸かし饅頭屋が居並ぶ通りを下り、少し寂しくなったあたりに湯本橋があった。

　早川を渡る。

　こちら側は歓楽街と異なり、里山の光景に近い。瓦葺《かわらぶき》の屋根の農家が立ち並び、鶏が啼《な》く声がした。

　橋の向こうとはまるで違う風景だ。

「まぁ、ここいらには旅の人は来ませんからね。地元の者が暮らすところです」

　川の向こうの喧騒《けんそう》が嘘のようだ。

　だが、進むほどに和清の胸は高鳴った。

　お蝶がいる。きっといる。

「ほらあそこですよ」

　権八が指さした。生垣に囲まれた百姓家だ。入り口の脇に板の切れ端に書いた看板がある。

『手習指南、おおしま』

　おおしま？

　小島をあえて大島にしたのではないか。和清の胸に確信めいたものが去来した。

真冬にもかかわらず庭は整えられている。

枯草は綺麗に掃かれ、鉢植えの花が並んでいた。寒椿《かんつばき》だ。冬ざれた風景の中で赤い実と緑の葉の寒椿が異彩を放っている。

その横には咲いてはいないが朝顔を栽培していると思われる細い丸棒が四本立っていた。

お蝶が好きだった朝顔だ。

これは間違いない。

「へえりますか？」

権八が目配せをした。

「ちょっと待ってくれ」

和清は居住まいを正した。同心の頃よりも崩れた感じになったのは否めない。人はやっている稼業の者らしく演じてしまう癖がある。

例えば目の前の権八はやくざという稼業の者らしく振舞おうとしているようだ。根は気が優しく、饅頭屋でもやっていれば、日々満面に笑みを浮かべているのではないか。

和清も御裏番でありながら役者に身をやつすことで、いつの間にか役者らしく振舞おうとしてしまっている気がする。

お蝶ならば『勝さんらしくもない。背筋が伸びていないですよ』と言いそうだ。役者は斜《はす》に構える癖がついているからだ。

「ここでちょっと待っていてくれないか」

権八に言い、背筋を張った。権八は頷き、斜向《はすむ》かいのこんもりと茂った楠《くすのき》の下に入った。木にもたれかかった姿は、いかにもやくざである。

庭に進んだ。

「たのもう。大島さんはいらっしゃるか」

入り口の腰高障子の前で声を張った。返事はない。

「ごめん。植草勝之進と申す」

今度は戸を叩く。お蝶やその父が知っている名を伝えた。権八のいる辺りまでは声が届かないはずだ。

家の中からではなく、裏庭のほうで枯草を踏む音が聞こえた。和清は急いで、裏に回った。

畑があった。何を育てているのかはわからない。

老いた男と娘の背中が見えた。並んで土を掘っている。老人は浅黄色の作務衣《さむえ》で、娘は継ぎ接ぎだらけの小袖に紺の裁着《たっつけ》を穿《は》いている。

「お蝶っ」

思わず叫んだ。

娘が振り返った。

似ている。だが首を傾げている。怯《おび》えているようでもある。

「もし？」

老人が振り向いた。小島直弼のようだ。だがどこか違う。

「小島直弼様ではございませぬか」

和清は近づきながら尋ねた。

「いいや。わしは呉作《ごさく》だ」

立ち上がりながら怪訝《けげん》な顔をした。

「これは娘のとめだ。あんたは？　決して売らんぞ」

呉作が語気を強める。女衒《ぜげん》と勘違いされたようだ。よくよくみれば小島直弼とは違う顔だ。

娘もお蝶ではなかった。背丈や顔の造りは似ているのだが、眼の光が全く違っていた。

長い歳月の中で、和清の頭の中ではあの日のままのお蝶と義父の顔で止まっている。たとえ二人が生きていたとしてもだいぶ様相は変わっているはずだ。

「これはすまないことをした。人違いでござる。あっしは旅の者で、ここいらに知り合いに似た者がいると聞いて、もしやと思い寄ったまで。お騒がせした」

「それはどうも、お気をつけて」

和清は帰ろうとして振り向いたが、もう一度聞いた。

「とめさんが、ここいらの子に読み書きなどを御指南しているのですか」

すると、とめの眼が俄《にわ》かに泳いだ。

「ええ、はい。かんたんな読み書きだけです」

「算盤のほうは？」

「いえ、そちらは」

掠《かす》れ声でいう。隣に立っていた父親の眼が尖るのがわかった。ただならぬ気配だ。士分を捨てて隠居しているのであろう。

「いらぬことを聞きました」

和清は踵を返した。

表に回って道に戻ると、木の下から権八が駆け寄ってきた。

「いかがでした？」

「違った。だがとても似ていた。あれならば間違えてもしかたあるまい」

「まったく昨日から、どじばかり踏んで申し訳ねぇ。また親分に叱られまさぁ」

「いやいや、あっしからちゃんと言う。あのふたりはあっしが書いた文の特徴にそっくりなので」

と言いつつも、和清は何処か腑に落ちなかった。

湯本橋のほうへ歩いていくと、庭で童子がふたり遊んでいる家があった。側で母親らしき女が洗濯物を干している。五歳ぐらいの子だ。

「もし、ちょっといいですか」

垣根越しに母親に声をかけた。

母親はびくっと肩を震わせ、すぐに子供たちを抱き寄せた。

「いきなりですみません。そこにいるお子たちは、あそこの大島さんの手習所に通っているのでしょうか」

「はい、暮れまでは」

母親が答えた。

「いまは行かれていないのですか」

「今年は十日から始まるはずだったのですが、六日になって急にしばらく休むと文が届いたんですよ」

「はぁ？」

六日と言えば、天保座が江戸を出た日だ。偶然だろうか。

「大島さんはずっとあの家にいらっしゃるんですか」

「はい。でも七日ごろからどうも様子が違うんですよね。家からまったく出てこないんです。どこか、具合でも悪くなったんですかね。とめさんも前はもっと明るかったのに、なんだか庭で見かけても俯《うつむ》いてばかりで」

「あの、とめさんが、朝顔の簪を付けているのを見たことがありませんか」

「ええ、よく付けていましたよ。布で綺麗に縫い合わせた飾りですよねぇ」

「毘沙門天の守り札は見かけたことはありませんか」

「いつも帯に付けていますよ。まるで印籠みたいって、子供らも笑っています」

「ありがとうございますっ」

言うなり和清は踵を返した。先ほどの百姓家にむかって一気に走りだす。権八が慌てて追ってきた。

いたんだ。お蝶はあの家にいたんだ。いま見たのは替え玉だ。どうしてそんなことになっているのかはわからない。だがお蝶は六日まではあの家にいたに違いない。

大島の家に戻った。今度は何も言わずに腰高障子に手をかけた。引いてみる。開かない。

ええいもどかしい。和清は戸を蹴り倒した。ばたんと土間のほうに戸が倒れる。和清は草鞋も脱がずに上がり框《かまち》に飛び乗った。

囲炉裏《いろり》のある板の間に進む。家の中は整然としており、人気《ひとけ》はない。奥の八畳間に手習所らしく小机が十人分ほど並んでいる。奥にやや大きめの師範机が見える。

「呉作、とめ、何処にいる？」

返事は聞こえない。

師範机を見た。『田舎往来』が置かれてある。写しのようだ。目を凝らしてみる。

お蝶の筆跡だ。みずからの手で作成した写本をつかって、お蝶は童子、童女らに教えていたのだ。

涙がこぼれてきた。写本や机の後ろにある座布団からお蝶の香りが匂いたっているようだ。

お蝶と義父はなぜここにいたのか？

「呉作、とめ、ぬしらが替え玉であることはわかっておるぞっ」

和清は裏庭へ向かった。

いない。先ほどまでいたふたりがいない。

おそらくは逃げたのだ。和清が近所の母親と話していたのを見たのかもしれない。

おかしい。なぜわざわざ、替え玉がいた？　戻ってくるということか？　和清は混乱した。

いったい、この家はなんのためにある家なのか？　さまざまなことが頭に浮かんでは消えた。

和清はもう一度、家の中を見回した。

師範机に未練があった。お蝶の筆跡と思われる『田舎往来』を持ち帰ることにした。その背後にある引き戸をあける。

書物が重なっていた。いずれも学問書だ。和清には難解だった。『弘道館《こうどうかん》』と印が押されているものもずいぶんあった。

これもわからない。江戸の昌平坂《しょうへいざか》学問所ならわかるが弘道館は知らない。

だがこれでお蝶が生きていることを確信した。そうなれば、お蝶と義父が置かれている状況は絞《しぼ》られてくる。

なんらかの陰謀に巻き込まれたのだ。そして和清が箱根に来ることを知ったのだ。

となれば、ここにはもう戻ってくるまい。

長居は無用な気がした。

「権八さん、もうここは見張らなくてよい。帰りましょう」

鉞一家が下手に見張りなどしていたならば、逆に痛手を被《こうむ》るかもしれないのだ。それほど、この家には知られたくない秘密があるようだ。和清は得体の知れない危険を感じた。

振り向かず、急ぎ足で帰途についた。

おそらく――。

近所で聞き込みなどせず、さっさと帰っていたならば、とめと呉作は、もうしばらくあの家にいたのではないか。そして天保座が芝居を終えて江戸に帰っていったら、お蝶と義父はふたたび、あそこへ戻った。いや戻らされた、と言うべきか。

そう考えると、いろいろ腑に落ちてくるのである。

五

「芝居の外題《げだい》と中身を変える」

旅籠に戻るなり、和清は座員を集めてそう伝えた。

「はぁあああ？」

雪之丞が素頓狂《すっとんきょう》な声を上げた。気持ちはわかる。明日の今日で台詞を入れ直さねばならないのだ。

「舞台は？」

半次郎の困惑《こんわく》顔だ。

「宝船はそのまま使う。けれども外題は『花簪』だ。簪を得物に悪党どもを成敗する芝居だ」

「それって、あたいの話じゃないですか」

お芽以が耳の後ろを掻いた。照れくさそうだ。

「あぁ、そうだ。お芽以を雪之丞がやる。団五郎が悪党の親玉だ。大筋をいまから言うから、台詞は場当たりでいい。おめえらな、適当に息をあわせられるだろう」

ふたりは頷いた。

これが箱根での最後の賭けになる。

和清は粗筋《あらすじ》を伝え始めた。

「もともとの宝船の芝居を土台にするが、七福神を俺たちの本稼業になぞらえる」

「ほう。実際、あの恰好で暴れまわってみたいところだ。大黒天の持っている打《う》ち出《で》の小槌《こづち》が、でっけえ金槌だったら凄《すげ》ぇよな」

団五郎が茶化す。

「だったら、あたしが弁財天なの？」

なりえが眼を輝かせた。

「いや、それは雪之丞がやる。大道具はきちんと裏に控えていろ」

「そうだわよねぇ」

和清が命じると、なりえは一歩下がった。

「寿老人の千楽師匠が狂言回しをするのはいままで通りだが、箱根ではこの芝居小屋に悪党が大勢潜んでいる、という筋にする」

ここまでは宿場の人々に福を届けるという設定で、主に豊年豊作、商売繁盛のために、七福神が困っている人を救い、去年、ついていなかった人を励ますという内容の筋立てだった。どちらかといえば喜劇仕立てである。

「悪党を本当に桟敷《さじき》に仕込んでおくんですね」

千楽が察して言う。

「師匠、相変わらず芝居の勘がいいですね。団五郎に大黒天と悪党の黒幕の二役をやってもらいます」

「悪党のほうは腹黒天《はらぐろてん》というのでどうでしょう」

「そいつぁいい。師匠、冴《さ》えわたっているねぇ」

「はい。湯に浸かって頭の巡りも良くなってきました」

粗筋は箱根の花街に巣食う悪党一味が、三島《みしま》からの女郎を関所を通さず小田原に運んできて箱根の宿で働かせるというもの。それを天保宝船が阻止する。そんな話だ。

「中盤、弁財天が悪党に弓で撃たれる。けれど胸に入れていた守り札によって助かる。最後は、簪からの矢で、腹黒天をやっつけるという話だ」

「意味ありげですが、面白いですね」

雪之丞が簪を投げる真似をする。

「親方、青と白の布で海を作ってくれ。波の高さの強弱をうまくつけられねぇかな」

「うまくやりますさぁ」

半次郎が声を張り上げ、なりえにいくつか注文を出した。

一同は役者を入れた場当たりに入っていった。『場当たり』とは本来、役者を入れず、裏方だけで行うものだ。

たとえば舞台の進行に合わせ、

『ここで背景の海と波の布をぱたぱたと揺する』

『それに合わせ宝船も大きく揺らす。右へ左へ、大きくだ』

と申し合わせながら、その動作を実際にやってみる。

『合わせて付け板が鳴る』と座元が叫べば、
かんかんかん。かんかんかん、と実際誰かが板を叩く。

板鳴りの三度目で、雪之丞が飛び出す、とする。

常ならここで和清が、間合いを測って『はい、雪之丞、着地した』と声をかけて、次の舞台回しに入っていく。

さらに、『雪之丞の衣装引く』。『早替え』。『中から忍び装束っ』。などと掛け声が入り、黒子がその動作をやって見せるわけだ。

要は、淀《よど》みなく舞台回しが出来るかの確認であり、ひとつの手間にどのぐらいの暇が掛かるかをこの場当たりで測るわけだ。

この間に、役者は台詞を覚えたり、己の所作を繰り返し復習《さら》うのだが、今回は合同でやっている。

役者もここで和清からの口伝《くでん》で覚えるからだ。

和清の口癖は『だいたい出来ればよし』だ。

裏方にも役者にも細部まで指示はしない。大筋を理解してもらい、あとはそれぞれの判断で進めてもらうのだ。

役者はさまざまな役に身をやつすのが商売だが、天保座は違う。

御裏番が芝居者に身やつししているに過ぎないのだ。

小屋が出来上がり、さらに一刻ほど総出での場当たりを終えると新作『花簪』はだいたい出来た。

後は明日の幕開けを待つばかりだ。

——お蝶、小島様、どうか見にきてくだされ。

和清はひたすらそう念じた。

六

昼八つ半（午後三時頃）。天保座の仮小屋の触れ太鼓が鳴り響く。浜町での開演時刻よりも半日遅い按配だ。

浜町に限らず芝居町ならば早朝から客が押し掛けてくる。日の出から暮れまで、芝居を堪能したいからだ。

だが温泉場では事情が違う。旅人は朝湯、朝酒、土産物屋巡りも楽しみたい。

これから関所に向かう旅人は、なにかと支度もある。

旅籠や温泉場の商いの邪魔をしないことも旅の一座の弁《わきま》えというものだ。

「朝湯、朝酒、昼寝のあとに見物をっ」

踊り衆が湯本から塔ノ沢、さらには宮《みや》ノ下《した》あたりまで引き札を配って歩いた。

そのせいもあってか、初日、二日目と客の入りは上々で、ついには満員札止めとなり、急遽《きゆうきよ》二日目は、日暮れから追加の夜興行を打つほどであった。

そして今日が千秋楽。

半次郎と大道具衆は、朝から大わらわで小屋を広げた。昨日まで桟敷に入れ込むだけ入れ込んでも、三百限りだったところを五百まで入れるように桟敷を広げたのだ。

興行元の鉞一家の親分は、涙と洟《はな》を垂らさんばかりに喜んだ。

「座元さん、では客入れにしやす」

鉞一家の若頭、権八が楽屋にやってきた。

「あいよ」

和清はさっそく舞台上手《かみて》の囃子《はやし》衆の控える間に入った。この控えの間の端に権八と共に立った。目の前に小窓があり、御簾《みす》が掛けてある。ここから桟敷に入ってくる客の様子を覗けるのだ。

和清がここにいるのはお蝶を探すためだ。残念ながら初日、二日目とお蝶が現れることはなかった。

権八は客の中に、無頼漢が混じっていないかを見張る。鉞一家の興行を羨《うらや》む他の極道一家が、嫌がらせを仕掛けてくることもあり得るのだ。

それもまた旅興行について回る難儀のひとつだ。

客が八割がた埋まってきた。

「おっと、あれはおよねじゃねぇか。あのくそあまぁ。よくもぬけぬけとこんなところに来やがったな。簀子《すのこ》巻きにして百叩きしても気がすまねぇぜ」

権八のこめかみに太い筋が浮かんだ。

「およね？」

「簪や道具をこれした仲居ですよ」

これ、と権八が人差し指を鉤形に曲げる。

「どこだい？」

「めの二十八番の桟敷の真ん中に見えるでしょう。簪をした女」

桟敷席には客入れの段階だけ席割を示す立札があちこちある。幕開き前にはすっかり取り払われることになっている。

「あれか。桜色の江戸小紋を着た女。髪は島田髷《しまだまげ》にしてある。武家の女に見えるが」

「うまく化けたつもりでも、俺の眼は騙せねぇ。眼を見りゃわかるんだ」

やくざの権八が同心と同じことを言った。同心も群衆の中から下手人を探し出すとき、目でさがす。ほかはどんなにごまかせても、目だけは変えられない。それともうひとつ見分け方があるとすれば、歩き方だ。とくに歩く後ろ姿は、個々の特徴がはっきりしている。

やくざも同じ方法で敵を見破るらしい。どちらも命がけの稼業だから、見立てが研《と》ぎ澄《す》まされる。

だがおよねの簪に鬼灯の飾りは付いていない。赤い布が一枚付いているだけだ。

「さすがに替えてきたんだろうな」

「後ろから、羽交《はが》い絞《じ》めにして引っこ抜きまさぁ」

権八は早くも着物の裾を捲って、駆けだしそうな勢いだ。

「芝居が終わるまで、待ってくれ。いま騒がれたら客が興ざめする」

と、同時にお蝶が来ていた場合、騒ぎになったら逃げ出すに決まっている。

権八は長い溜息をついた。苦渋《くじゅう》に満ちた顔だ。

「まぁ、物を盗まれたのは御一統さんのほうだ。そうおっしゃるなら、待ちましょう」

権八が折れた。

客がすべて埋まった。五百人は入った桟敷の隅から隅まで見まわしたが、お蝶の顔はなかった。顔を下げたり、横を向いたりしている客もいるので、すべてを見たとはいえない。

気が急《せ》くばかりだ。

後は芝居をしながら探すしかなかった。他の座員たちも気を遣ってくれているのか、和清が扮する恵比寿様は、にこにこしながら客席を眺めていればいいという役柄に仕向けてくれた。

大助かりだ。

かんかんかん、柝《き》の音が入り、幕開きとなった。まず客は舞台中央に据えられた大きな宝船に驚かされる。

「金時楼《きんときろう》を乗っ取ろうなんてどこの悪党だ」

寿老人に扮した千楽師匠がよく通る声を張る。

「相当間抜けな悪党でしょうねぇ。あの旅籠、なんにもありませんよ。客は破落戸かしょぼくれ芸人ばかりだしねぇ。いまに潰れますよ」

弁財天の雪之丞が女形《おやま》らしい甲高い声で答えると、客がどっと沸いた。『金時楼』が興行元だと知っているのだ。

「あれが金時楼かい？」

船の尖端に座っている団五郎が、木槌を乱暴に振りながら立ち上がる。他の六神は笑顔を絶やさないが、大黒天だけは邪悪な化粧をし、客を睨みつけていた。

大黒天、実は悪の手先の腹黒天だと知らせる演技だ。

そこで、宝船が舞台上で半回転する。客は再び驚く。舞台下に軸を差し込み、大道具衆が回しているのだ。天保座自慢の廻り舞台だ。この道具一式を運ぶだけでも骨が折れた。

船尾を客に見せたところで、七福神が宝船から下り、舞踏となる。このときも大黒天だけが不穏な動きを見せる。

背後に黒幕が降りて、この間に宝船は悪の鬼船に替わる。宝の帆ではなく、黒布に牙をむいた鬼の顔が描かれている。

「この女たちを箱根の金時楼で働かせるのさ」

黒い装束に替えた大黒天が、女たちの肩や背中を木槌を振るって痛めつけ怒鳴り散らす。

「とことん働かせてやるっ。ええい、金時楼はまだか」

そのとき付け板が激しくなる。しゅっと背後で火薬球が上がる。雷と見立てているのだ。

「腹黒天っ、好きにはさせぬぞっ」

客は空を見上げる。

暮れなずむ空の下。舞台の上手《かみて》、下手《しもて》に立てた柱に、いつのまにか綱を渡してある。ぴんと張られていた。その上に立つは、弁財天。瀬川雪之丞だ。

この芝居のもっとも大きな見せ場だ。

「空見屋っ」

大向こうが叫ぶ。興行元の仕込みの客だ。

「てやんでぇ。弁財天、てめぇも女郎屋に売り飛ばしてやる。元弁財天女郎となれば、売れるぜぇ」

と団五郎が踏み板を使って飛ぶ。

「ぉおおおお」

「いよっ、両国屋っ」

ふたりが上方《じょうほう》の綱に乗って睨み合うので、客はやんやの喝采だ。数人は立ち上がった。

和清の恵比寿も鬼船に斬り込んでいく。鬼の面を付けた踊り衆たちと殺陣《たて》を演じる。

「いよぉおおお、かしらっ」

「東山っ」

活劇の場だ。

上手の囃子場で奏でる三味《しゃみ》、鉦《かね》、笛、太鼓の音が大きくなる。

そのとき和清の眼に、めの二十八番あたりの桟敷で女が立ちあがった。

およねだ。

ただならぬ殺気を醸《かも》し出している。和清は、殺陣を演じながら、およねから目を離さなかった。およねが頭から簪を抜いた。飾りを外し、口元に持っていった。

その眼の先にあるのは、立ち上がって、上方の雪之丞と団五郎の綱の上での剣劇を見上げている浪人風の男だ。

「何をするっ」

和清が桟敷に飛び下りたときだ。目の前で風を切るような音がした。十六間(約二十九メートル)先で、およねはぐらついた。手の甲に赤い血筋が見える。

桟敷の脇の通路をすでにお芽以が走っていた。

お芽以が先に矢を吹いたようだ。

上方から事の次第を見ていた雪之丞と団五郎が息を合わせた。

先に団五郎が飛んだ。逃げる悪党、腹黒天。

「待てぇ」

次に雪之丞が飛んだ。追う弁財天。

ふたりは見事に『めの二十八番』の桟敷を区切る桟木《さんぎ》に着地する。小道具の十人が一斉に大型の龕灯提灯《がんどうちょうちん》をふたりに向ける。

ふたりは刃を合わせ、幅の狭い桟木の上で猫のような足取りで殺陣を組み上げていく。久しぶりに見事な乱れ舞だ。

和清もこれに混じる。

このあたりだけが光に照らされて目立つ。本来この趣向、お蝶を探すためにしかけたものだが、いきなり衆目にさらされたおよねが狼狽えた。

「お客さん、後ろの人が見えませんので」

お芽以が肩を押さえ力ずくで座らせた。

「お願いです。あそこにいる浪人は兄の仇《かたき》、桜井真太郎《さくらいしんたろう》。討たせてくださいな」

およねは今度は櫛を抜いた。

「いまは動かないで。あの浪人はあたしらで」

　ふたりの会話を聞いた和清は、団五郎に目配せした。腹黒天が今度はそっちに逃げる。桟木の上を鮮やかに飛んでいく。

「待てぇ、腹黒天っ」

　雪之丞が追うと、龕灯もそちらを向く。

　団五郎がわざとコケた。浪人に体当たりする。

「うわぁああ」

　浪人が振り向き、光を浴びる。

　和清はおよねを見た。

「あっ、違った」

　およねが激しく首を振った。おっとと。和清も桟木の上でぐらついた。

　この瞬間、三間先のほうに朝顔の絹布飾りのついた簪が眼に入った。

「お蝶っ」

　と呼んだときには、身体が崩れておよねとお芽以のいる桟敷に転がり落ちる。

　立ち上がったときには、その姿はもうなかった。

七

「上州下邦藩勘定方高倉主水《じょうしゅうしもくにたかくらもんど》の妹、米代《よねよ》と申します。大変申し訳のないことをいたしました」

米代が畳に手をついて、深々と頭を下げた。

聞けば米代の兄は、一年前に浅草田原町の蕎麦屋で居合わせた駿河田中藩の江戸詰め番方、桜井真太郎に絡まれ、帰り際いきなり背中から斬られたという。居合わせた侍や町人に聞くと、桜井は日頃から酒癖が悪く、酔っては誰かれなく絡む侍だったそうだ。

勤番侍としてこの日初めて江戸に出てきた高倉主水は事情を知らず桜井の隣に座ってしまい、絡まれたようだ。

『無礼だぞ』と怒鳴って席を立ったところ、酔った桜井が背後から斬りかかったのだという。高倉に非はなく、上州下邦藩は幕府大目付に届け出たが、ひと月以上前に桜井は脱藩しており、駿河田中藩は与《あずか》り知らないという。

責めを負うのを嫌った江戸家老が遡《さかのぼ》って処分したものと考えられる。したがって仇討《あだう》ちの許可も下りなかったという。

「桜井真太郎が箱根を越えて、駿河へ帰るという噂を聞き、二か月前から仲居として待ち構えていました」

「我らの部屋を荒らしたのは？」

和清は聞いた。

「無宿者となった桜井は通行手形がないはずです。そうだとすれば箱根まで来ても関所を越えられないはず。方策があるとすれば旅の一座に紛れることです」

米代がまっすぐな視線を和清に向けてきた。

役者、芸人はそもそもが無宿者で、どこの人別帳にも記されていない。ただし遊芸人であるから、諸国どこへでも移動することが黙認されている。むしろどこかに定住するなと言っているようでもある。

「それで我らの中に何か、手がかりはないかと探ったのか」

天保座など控櫓級になれば、町奉行の管轄となり、町人と同じように扱われるのだが、こうして旅に出れば、遊芸人と同じ扱いである。

「はい。そうしたらあの簪と櫛を見つけました。これは何か訳がある方々だと。きっと桜井真太郎もどこかで一緒になるのではないかと疑いました」

「勘違いにもほどがある」

「申し訳ございませんでした。この上は自害してお詫びを」

米代が短刀を取り出そうと胸襟に手を入れた。

「待ちなさいっ」

和清が制すると米代は泣き崩れた。

「おそらく、もう箱根の関所は越えちまっているでしょうね」

一緒に聞いていたお芽以が言った。

「そうだろうなぁ」

と和清も頷く。

駿河田中藩と聞いて、品川で出会った無頼浪人たちを思い出していた。藤沢宿で出会った団十郎騙りの坂井半平太も、駿河田中藩の江戸家老から人攫いの一党に入るように誘われたと言っていた。

坂井はその後、神奈川宿や川崎宿などで、団十郎らしく振る舞い、時には雪之丞たちが仕込んだ見得を見せて小遣いを稼いでいることだろう。江戸に戻って、今度こそまともな藩に再仕官出来るとよいのだが。

桜井真太郎は不始末をうやむやにしてもらったかわりに、あの浪人一党に加わに厳しい。


ったのではないか。

そうだとすれば、偽造の通行手形なども所持していたと思われる。

「米代さん、あんたは通行手形はあるのかね」

町人も気軽に旅を楽しめる時代になったが、武家の女が江戸を出るのはいまだに厳しい。


「ありません。ですからなんとか箱根で捕まえたかったのですが」

米代は再び泣き崩れた。

「しょうがねぇなぁ」

と和清はお芽以の顔を見た。

「みんな行ってもいいって言うんじゃないでしょうかねぇ」

お芽以が含み笑いをした。

「行きますよっ。こうなりゃ、駿河田中藩とやらまで行っちまいますかねぇ」

と襖を開けて団五郎が入ってきた。背後には雪之丞や半次郎も続いている。

「米代さん、では稽古だ」

「えっ」

米代が小首をかしげる。

「役者は通行手形がなくとも関所を通れるんですが、役人に芸を見せねぇとならんのですよ」

「まさか」

「そのまさかよ。とりあえず仇討ちの場面というのをやりましょう。さぁ立稽古だ」

和清が声をかけると役者が一斉に立ち上がった。

団五郎が桜井真太郎の役になり、雪之丞が米代に成り代わって仇討ちの女をやって見せる。

「あの真似をしてみたらいい。米代さんはまっすぐ刺しにいけばいい。後は団五郎が大げさに死んでみせる。あいつは死に役の名手なんだ」

「じゃぁ、襷《たすき》と鉢巻きを用意してきますね」

とお芽以が自分の道具を置いてある大広間に走った。

米代は稽古した。二刻（約四時間）で、様《さま》になった。

和清は金太郎に訳を話し、米代の放免を認めさせた。やくざとしては女郎屋に売り飛ばしたいところだが、この三日でたいそう儲けさせたので、渋々ながらも承知した。

箱根関所で芸を見せた。

お白州《しらす》のようなところに一座が並び、そこで寸劇を何本か見せ、千楽の落語で笑わせた。米代も見様見真似《みようみまね》ながら、うまくやった。

役人にとっては束《つか》の間《ま》の憩いとなったようだ。大いに笑い、通過を許してくれた。

「ならば一同、三島にまいろうぞ」

と和清が歩き出したときだった。

「お待ちくださいなまし」

背中で声がする。

何か手抜かりがあったか？

振り向くと、なんとそこには、江戸は数寄屋橋『桜田楼』の隠居、弥助が立っていた。

米代以外の一同、ぎょっとした。

弥助は砂埃《すなぼこり》に塗《まみ》れ、脚絆《きゃはん》や草鞋はほどけ、もはや襤褸《ぼろ》雑巾《ぞうきん》のようなありさまになっていた。

「弥助さん、まさか……」

和清はまるで亡霊でも見るような思いだ。

「そのまさかで……」

言うなり弥助はがっくりと両膝を土につけ、眼を瞑った。

「おい、弥助さん、弥助さん」

一同で介抱した。

第五幕　達磨《だるま》

一

如月《きさらぎ》四日。

「戻ってまいりましたぁ」

天保座の幕が開くと同時に、和清は声を張り上げた。

舞台中央に背後の大川から宝船が乗り上げようとしている――実際には、大道具連中が必死に押し上げているのだが――。

役者一同その船に乗っているが衣装は違う。

「ずいぶん暇が掛かったじゃねぇか」

「七福神はどうしたんだぁ。春の海に飛び込んで、どこかにいっちまったかぁ」

「雪さま、ご無事で何よりっ」

客たちはやんやの喝采だ。新春興行を五日で切り上げて、そのまま小屋を閉めてしまったのだから、贔屓筋は何がなんだかわからなかっただろう。

宝船はそのまま帰ってきたが、七福神は乗っていない。役者一同は肩衣《かたぎぬ》に半袴。手には籠《かご》を持っている。

籠の中は色紙でこさえた桜の花びらだ。

「春でございっ」

「花でございっ」

「梅は咲いたか、桜はまだかいな」

「咲かせやしょう、江戸の花、芝居の花、恋の花」

和清、雪之丞、団五郎、千楽が籠に入った花を客席に桜を撒いていく。

如月に入り、江戸に吹く風も僅かに春の匂いを感じさせるものになっていた。

もはや正月気分でもない。

何事も先取りをするのが芝居屋根性だ。

客は大喜びで、造花にもかかわらず花を奪い合う。

「実は天保座、宝船に乗り、大和国《やまとのくに》は吉野《よしの》山に登り、桜を取ってまいりました」

千楽が出鱈目を言うと、

「ほう、これは御殿《ごてん》山や飛鳥《あすか》山より色がよく染まっている。染《そめ》い吉野《よしの》だぁ」

酔狂な客が駄洒落でまぜっかえす。

この常連客との掛け合いが楽しい。一見《いちげん》客ばかりの旅興行では味わえない喜びだ。


天保座は睦月の終わりに急遽、江戸に戻っていた。

箱根で出会った高倉米代の仇討ちを助《す》けるために、三島まで向かうつもりだったが、関所を越えようとしたところで、弥助がやってきたので、仰天《ぎょうてん》しつつも、引き返すこととなった。

米代には囃し方の中から女三味線師をふたり付けた。いずれも雪之丞が生まれ育った甲賀の里から呼び寄せた女だ。警護役にはうってつけであった。

ついでに米代には小太鼓を持たせた。三味線師のふたりに教わりながら旅をするということだ。

三島に着く頃には見かけだけでも門付け芸人になってくれていればいい。そう願うしかなかった。

弥助は大変だった。

早駕籠を乗り継いで箱根まで来たというが、齢《よわい》七十を超えた爺さんには、さぞかしきつい旅であったことだろう。

身体に水気《みずけ》はなく、顔は干涸《ひから》びていた。

塔ノ沢の『鈂の宿』に戻り、床に休ませたが、あまり長く眠っているので死んだかと思った。

翌日、一刻（約二時間）ほど湯に浸かり、ようやく生気を取り戻した。

——お奉行もひでぇことしやがる。

和清は自分たちだけが戻り、弥助には鈂の宿で湯治をすることを勧めた。だが、弥助はなんとしても一緒に江戸に戻るという。

それが役目だ、和清を筒井のもとに案内するのが、己の生きがいだと、聞かなかった。

妙なことを生きがいにしている爺さんだ。

急いで帰るにしても箱根から日本橋までは八十里（約三百二十キロメートル）だ。急いでも十日はかかる。

ここで鈂一家が小田原の稼業仲間に働きかけてくれた。

海路だ。

大坂と日本橋を結ぶ樽廻船《たるかいせん》や弁財船が小田原の湊《みなと》にも寄る。これに一座が分乗して日本橋まで戻ることにした。

宝船や大荷物は大道具衆の若者が陸路で戻るということにして、大半は船に乗ることになった。

和清と役者、それに弥助が一緒の樽廻船に乗り込んだ。酒樽と醤油樽の狭間《はざま》に寝転がるのだが、酒の匂いだけで結構酔った。

弥助も船に酔った。ずいぶん吐いたと思う。陸の往路と海の復路でずいぶんと老け込んだのでないだろうか。

四日目に日本橋に着いたときに、弥助がそのまま寿老人に見えた。

日本橋沖からは乗合船に換えて浜町の天保座裏まで運んでもらった。

「大川を見て、あたしゃ、ほっとしたよ」

弥助は痩せこけた身体を震わせ、涙ぐんでいたものだ。

そのとき和清の脳に閃光《せんこう》が走った。

逆をたどれば、大川から江戸湊に出て、小田原に向かえるのだ。そこから箱根は近い。

お蝶と義父は屋形船が燃え、大川に投げ出された際に、他の船に救われたのではないか。

ただしその船は、近くの岸には付けてくれなかった。

沖に出て、樽廻船か弁財船に乗り換えさせられた。

ふたりの屍骸《むくろ》が上がらなかったのは、そのためではないか。誰かがお蝶と義父を攫ったのだ。

目的はわからない。偶然かもしれないし、意図したことかもしれない。

そう考えると少しずつ辻褄《つじつま》があってくる。

ふたりは生きているのだ。箱根のあの百姓家でお蝶は手習師範をしていた。間違いない。そしてあの百姓家にはなんとも剣呑《けんのん》な気配が漂っていた。

ふたりはあのとき替え玉としていた父娘役のように、怪しい仕事についているのではないか。

そんな思いが次々に浮かんでくるのだ。

なによりお蝶が芝居を見にきたことは間違いない。この目で見たのだ。それも和清にわかるように朝顔の飾り簪を挿していた。

「花でございっ」

籠から桜の造花を取り出しながらも、脳裏には朝顔の簪が浮かんでいた。

もう一度、箱根に行かねばなるまい。いや必ず行く。

だが、その前に仕事がある。御裏番としての大仕事だ。


天保座に戻った和清は、休む間もなく、弥助に案内されて根岸《ねぎし》へ向かった。筒井に会うためだ。

御裏番出動の命《めい》を下すとき、筒井はたいがい趣向を凝らした場所を用意した。ときに回向院《えこういん》での相撲見物をしながらであったり、料亭での朝餉《あさげ》であったりだ。いきなり御城の庭に連れ出されたときもあった。

だがこの日は、弥助の根岸の隠居家だった。

「あたしゃ、一刻も早く家に帰りたいですからね」

道すがら、弥助はぶつぶつ言っていた。

それはそれは風流な家であった。さすがは名にし負う桜田楼の隠居の家であった。表向きは百姓家だ。

だが板戸を開けて、土間に入った刹那《せつな》、和清は息を呑んだ。

広く磨き抜かれた上がり框に立てられている屏風《びょうぶ》は、尾形《おがた》光琳の『風神雷神図屏風』なのだ。

写絵《うつしえ》であろうがとてつもない迫力があった。

「光琳《こうりん》ですか？」

「たぶん、これよりよくできた写しはないでしょう。まっ、あたしも本物なんて見たことないんですがね」

半月ぶりに戻ったという弥助は、安堵《あんど》のため息を漏らしながら、奥の座敷へと案内してくれた。

筒井の背中が見えた。脇息《きょうそく》に凭《もた》れ、庭を眺めている。

さほど大きくはないが方丈《ほうじょう》庭園である。

座敷の入り口まで案内すると、弥助はさっさと引き返していった。

「ただいま戻りました」

筒井の斜め後ろに座る。

「すまなかったな」

筒井が指で自分の隣を差した。並んで座ってよいらしい。和清は進み出た。

「御落胤が攫われたようだ。しかも水野の一派が隠し、いざというときに、傀儡《くぐつ》にすると、わしは推察する」

筒井がかつて西の丸大奥にいた女中のことや、いまは本丸大奥の上臈となった麻島について聞かせてくれた。

「かなり強引な陰謀ですね」

「駿河田中藩、本多様の江戸家老が絡んでいる。操っているのは水野だろう」

「駿河田中藩？」

和清は旅の途中で出会った連中の話をした。

品川での話を聞き、筒井は呆気《あっけ》にとられ、口を開けたまま庭を見ていた。

「もっと早くに小者を走らせそなたらに報せていれば、梅安寺でその若旦那風の町人を押さえられたに違いない」

「そのことを思うとひとつ気がかりなことがございます。出立後すぐに立ち寄った芝大神宮で妙な連中に、見張られていました。水野様が御庭番を放ったのでしょうか」

和清も庭を見ながら伝えた。方丈庭園をじっと見ていると、目が回ってきそうだった。

「それならば、わしの耳に入るはずだ。いやこの度は本丸の茶坊主がこちら側についている。御庭番や御広敷伊賀番などが動いておれば、その筋からわしに報せが来るはずだ」

筒井は言下に否定した。

たしかに御庭番や大奥を守る御広敷伊賀番が動いているのならば、なりえもその顔に気づくはずだ。

芝で見張っていた者たちの素性がわからない。

わからない事がもうひとつあった。

「お奉行、『弘道館』というのはご存じですか」

箱根のお蝶と義父が暮らしていたと思われる百姓家にあった学問書について知りたかった。

「はて、しかとは知らんが、それは水戸《みと》で開校する藩校ではないだろうか。小石《こいし》川《かわ》の斉昭《なりあき》様が来年開校されるという話を聞いたことがある」

小石川の斉昭様といえば、水戸徳川の当主のことである。

言わずと知れた御三家のひとつ。

紀伊《きい》、尾張《おわり》と異なり参勤交代のない江戸定府《じょうふ》である。

そのことから、水戸は副将軍とも呼ばれる。

「水戸？」

まったく考えが及んでいなかった水戸徳川に繋がり、和清は混乱した。

「水戸徳川の斉昭様と言えば、その名の示す通り大御所家斉様とは昵懇、開国論に真っ向反対の立場を取る攘夷《じょうい》派の論客でもあられる」

余計にわからなくなった。その水戸徳川とお蝶はどんな繋がりをもっているというのだ。

「和清。まずは大奥上﨟麻島と水野の様子を間諜《かんちょう》してくれ。それと駿河田中藩の江戸家老、桐原正善についてだ。当主、本多正寛さまは与り知らぬところで動いていると思うが、そのあたりのことも知りたい」

「わかりました。まずはなりえを本丸に忍ばせます」

闇裁きをする前に、まずは相手を知ることだ。そこから天保座御裏番の大芝居を始めるのだ。

桜の花をさんざんばら撒いた後は芝居に入った。船中で練った新作『初湯満《まん》願《がん》』。

火事の中で悪党一味に攫われた許嫁を取り返しにいく大名火消の話だ。

荒事に少しだけ和事《わごと》を混ぜた。上方《かみがた》が得意とする人情風味だ。それに笑いを混ぜる。

初日の受けはまずまずだ。少し思い出場面が冗漫《じょうまん》だったかもしれない。許嫁役の雪之丞もさほど乗っていない。

雪之丞は抑えた芝居は苦手なのだ。逆に悪党役の団五郎は乗っている。雪之丞をなぶりものにするのが愉快らしい。

そのぶん大詰めの場では、雪之丞にこてんぱんにされる。

やはり天保座は荒事が得意だ。

筋書きを少し直そうと座元部屋へ戻った。

文机《ふづくえ》の端に箱根湯本の土産物屋で買った達磨《だるま》がある。なんとなく銭一家の金太郎親分を思い出させる風貌である。

眼は両目とも入っていない。

この度の御裏番としての闇裁きが首尾よくいったら片目。

お蝶が見つかったら、もう一方の目を入れる。

それで満願成就《じょうじゅ》だ。和清はそんなふうに思いながら、台本の後半を練り直し始めた。この芝居もっと派手にならないか。

二

江戸城。

紅葉山《もみじやま》文庫の裏手。黄昏《たそがれ》の陽が垂れこめている。如月の春風が額を撫でた。

なりえは松の枝の中に隠れていた。濃い緑の忍び装束。顔にも緑の染料を塗っている。これで松の緑に同化していた。

——本当の葉隠れ。

胸底でそんなことを思う。

『葉隠《はがくれ》』という全十一巻からなる書物がある。

葉に隠れろなどとは、書いていない。

正徳《しょうとく》六年（一七一六）、佐賀鍋島《さがなべしま》藩士、山本常朝《やまもとつねとも》が著《あらわ》した武士道の書である。

中身は藩主に仕える心構えであって、忍術の極意が書いてあるわけではない。

ちょっと急進的な思想として禁書とされているが、そのせいか余計に人気がある。なりえも口伝でしか知らない。

『武士道というは死ぬことと見つけたり』は芝居の決め台詞のような切れ味で、

その言葉を密かに胸に刻み、意気に感じている武士も多いだろう。

なりえも御庭番時代は『いつでも命を賭《と》す』覚悟で生きてきた。

だが和清の命は違った。

『危なくなったら一目散に逃げろ』、『恥も矜持《きょうじ》も捨てて逃げろ』、『御裏番は卑怯道でいい。裏を掻くことだけ考えろ』だった。

当初はそんなんで『いいのかな』と思った。

けれども和清の考えを聞いて得心した。

『悪党を叩くということですでに正義。だから戦い方は卑怯でもいい。悪党に殺されたら、世の中はさらに悪くなる。だから絶対に逃げきって反撃し直す』

そういうものだった。実に的を射ている。いかにもな心得とは違うのだ。

いかにも父、家斉の創設した御裏番の番頭らしい発想だ。ともに実利優先なのだ。

庭に豪華な着物を着た五十路《いそじ》近い女が伴も連れずに現れた。

麻島のようだ。

ここで見張ること三日。ようやく現れた。

四日前。和清から本丸茶坊主の輝也に接触するように命じられ、下城の際に跡を尾けた。

すると気配に気づいた輝也が振り向き、句でも詠むようにつぶやいたのだ。

「黄昏や表と裏の紅葉山」

それで翌日からここに潜んでいた。

来た。

老中首座、水野忠邦。やはり伴を連れずひとりでやってきた。これが逢瀬《おうせ》なら笑う。老いてますます盛ん……って、やるのだろうか？

いやいや覗きをしにきたわけではない。

ふたりは紅葉山文庫の裏手の壁に背を向けて並んで立った。この松の木の斜向かいだ。

見ようによっては仲の良い壮年夫婦である。

「あれだけ千両を取らせてから攫えと言ったのに駿河の浪人も間抜けよなぁ」

水野の声がよく聞こえてきた。

麻島の背後から裾をまくって、という展開ではなさそうだ。

「本当ですねぇ。せっかく水野様がうまく当たり札を仕込ませたのに愚かですよ。もし松之助が千両を手にした後に攫っていれば、われらが旅の資金を工面せぬでもよかったのに」

麻島が愚痴《ぐち》をこぼした。並んで話している。ふたりとも夕陽を眺めているようだ。顔が真っ赤だ。

「まぁ、よい、とにかくわがほうの手に入れたのだから、よしとしよう。ただし、仕掛けは急がないとなるまいな」

不意に水野がなりえの隠れている松のほうへ眼を向けてきた。息を潜めて気配を消した。

「どうなさいました？」

「このところ大御所がさらにうるさくなった。家慶様に直接会って、政治を幕閣老中たちに任せていてはだめだ、と説教を始めた。市中にさらに金をばら撒けなど、われわれ老中が立てた倹約令《けんやくれい》とは真逆に進めようとしている」

「それでは水野様のお立場がありませぬな」

麻島は追従を述べるだけだ。麻島は政治向きのことなどどうでもよいはずだ。大奥上臈としての身の安泰《あんたい》。あわよくばさらに大奥総取締役という稀有《けう》な地位に就きたい。

そのために表の絶対権力者、水野の力を借りたいだけだ。水野の妾《めかけ》も世話をしていることだろう。

「二の丸の家定様の様子は把握《はあく》していような」

水野の声が尖った。

「はい、水野様のお命《めい》とあって、眼を光らせております。息災で、近頃は二の丸庭園によくいらっしゃる大御所の薫陶《くんとう》を受けているとか」

二の丸にも侍女はいる。そのほとんどが、麻島が本丸大奥から回した女たちである。そして二の丸庭園は、三代家光《いえみつ》公が小堀遠州《こぼりえんしゅう》に築庭させた、この御城の中で最も美しい庭園である。

風流を好む家斉が頻繁に足を運ぶのも当然である。

「次の世代にまで君主の心得を伝授されたのではたまったものではないっ」

水野がいきなり不快な顔をした。

「御意《ぎょい》でございます」

「将軍など、我ら幕閣が練り上げた策を追認していればそれでいいのだ」

「まさに」

「それを大御所ときたら、倹約とは真逆の奢侈《しゃし》を奨励せよなどと家慶様に知恵を授けたりしておる。市中に金を降らせ、贅沢《ぜいたく》を奨励をすれば大身旗本や豪商が、こぞって金を使う。富める者が富めば、ひいては貧しい者も潤《うるお》うという説だ。そんなことをしたら商人どもがつけあがるだけだ。富を持った者が権力者となり、武士の立場はいまより危うくなる」

「秩序《ちつじょ》が大事でございますね。学問に精を出し、幕府のあらゆる要職を経験し政治に精通した幕臣こそが国を動かすのでございます。それは水野様のようなお方でございます」

夫唱婦随《ふしょうふずい》のように麻島が合いの手を入れる。

要はみずからが思うように動かしたいのだ。将軍を飾り物にしようという魂胆だ。

「そもそも武士も町民も倹約こそが美徳であったはず。人は銭勘定ではなく、文武で身を立てるべきだ」

一理あるが、世の中には学を身に付けようにもその余裕がない者も大勢いる。なりえはそんなふうにも思う。

「水野様こそが、もっとも政治《まつりごと》に精通したお方。十二代家慶様など『そうせえ』と言っておればよいものを」

「即位したときはそうであった。家慶公は大御所の風流好みのところだけを受け継ぎ、政治にはほとんど興味がなかったからのう。ところが近頃では大御所の話を聞くようになり、わしらの案にすぐには返事をしなくなってきた。常に西の丸老中にも意見を聞くのだ」

水野は怒り心頭に発している様子だ。

「邪魔になりましたね。何か妙案でも」

麻島が初めて水野のほうを向いた。

「ある」

水野が頷いた。夕陽に照らされ、影が長く延びている。

「どのような」

「万座の前で、無能ぶりを露呈させる。それで乱心という形をつくるのだ。将軍御乱心となれば、隠居しかあるまい」

水野はゆっくりと言っているが、その眼は何かにとり憑かれているように見える。

「万座の前とは？」

麻島が眼を見張る。

「御門内で、奉祝桜祭りを開催する」

「城内でですか」

「そうだ。町民も招き入れる」

なんですって？

なりえはさらに聞き耳を立てた。

「この桜祭りに天下祭りを加えるのだ。それも神田と山王《さんのう》の二社を入れる。町民も入れてやろうと思う」

それはとんでもない騒ぎになる。

神田明神の神田祭り。山王神社の山王祭り。

このふたつが天下祭りと呼ばれるのは、毎年それぞれ交替で江戸城入城が許されるからだ。本来は夏にやる。

将軍拝謁《はいえつ》である。

神田と山王は張り合い、どちらも前年の相手を凌《しの》ごうと年々派手さが増している。

「それは大勢押し寄せますね」

と麻島。

いや大勢なんてものではない。間違いなく喧嘩になる。

「そこで、芸者衆も呼び舞踏もしてもらおう。家慶様も神酒《みき》を呑みながらご覧になることになるのだが、その神酒に南蛮《なんばん》渡来の乱れ薬を混ぜる。なあに死にはしない。ただ酒の効きが何十倍にもなるので、一気に酔うはずだ」

人は酔えば箍《たが》が外れる。将軍とてそれは同じことで、どれだけ乱れるかわからない。

暴れて周囲の者に悪態をつかないとは限らない。

「乱れますね」

麻島が笑う。

「そこでお側衆が『御乱心、上様、御乱心』と騒ぎ立てるのだ」

「衆目の知ることとなれば……家慶様も隠居は免《まぬが》れますまい」

「たとえ大御所でも、これを止めることは出来ない」

確かにそうだ。なりえは鳥肌がたった。春を運ぶ風が舞い、水野の眼が光った。

「すると十六歳の家定様が十三代ということになりますでしょうか」

麻島が背中を反らし、口に手を当てて破顔した。

そうなれば水野が執権《しっけん》となろう。思い通りに出来る。

「いや、家定様と大御所のほうは、そのほうらの手で……」

水野が麻島に顔を向けた。

「まさか、それは……」

さすがの麻島も蒼ざめた。

「家定様もすでに大御所の薫陶を受けつつある。また、大御所がどれほど邪魔立てしてくるかわからぬ。ここはまっさらな松之助を持ってくるのがいい」

「しかし、ふたりをどうやって」

麻島の腰が引けている。

「麻島、覚悟をせいっ。余は完全に弱みを握った相手しか信じない。そなた大奥取締役に、手を汚さずになれると思っておるのか」

水野が語気を強めた。

「いったい、どのように……御毒見がついております」

「行灯《あんどん》の油に、この粉を少量ずつ混ぜよ。これも南蛮渡来の阿片《あへん》よ」

「知らず知らずのうちに吸い込ませよ、と」

「そうじゃ。ひと月もすればだいぶ衰弱《すいじやく》するはず。家定様は気怠《けだる》くて学問もままならなくなるだろう」

「そうなれば廃嫡《はいちゃく》」

麻島は唸った。

水野が大きく頷く。

「しかし、大御所様のほうはそうやすやす近づけません。西の丸老中たちは側近中の側近です。警護の番方もしっかりしています」

「たしかに。五十年も将軍の座にあったので、暗殺への備えもしっかりしておろう。だから桜祭りでの騒動が必要になる。混乱の最中《さなか》に誰かを西の丸に忍びこませるのじゃ」

「西の丸の内部を知り尽くしたものでなければ入り込めませんね」

麻島が茜空を睨む。

「将軍家は窮地に立つ。尾張がしゃしゃり出るだろうが、そうはさせぬ。そこに松之助を登場させるのだ。わしらの手で将軍をこしらえるようなものだ」

「まことに知恵が張り巡らされた策。麻島、感服しました」

「松之助を早々に呼び戻すがいい。わしの下屋敷を使うように桐原に伝えよ」

水野の下屋敷と言えば三田《みた》だ。

「承知いたしました」

「頼んだぞ。もう大御所の指図は受けぬわ。徳川は我らが動かす」

そこで水野が先に帰っていった。

間をおいて麻島も帰っていく。

とんでもない謀議《ぼうぎ》を聞いてしまった。大御所である家斉は父、異母とはいえ当代将軍家慶は兄、その四男家定はなりえにとって甥《おい》である。

その三人に魔の手が伸びようとしている。

これは背筋が凍る思いだ。

――幕府とはすなわち徳川家の家政であるはず。

なりえは胸底でそう叫んだ。

ことの良し悪しは別として、この国は徳川という家が二百年にわたり支配してきたのである。

一国を一家とみなしてきたのだ。

少なくとも父、家斉は幕閣の言いなりにはならなかった。これもことの良し悪しは別だが、すべて将軍たる父が采配してきた。

倹約よりも華美を奨励したのは、父の確固たる信念のもとに為《な》されたことである。果たして家斉の五十年は文化は爛熟《らんじゅく》し、町民や農民の暮らしも向上したはずだ。ひとつ抜かりがあったとすれば、武士の権威は落ちたということではないか。

水野の怒りはそこにある。

だが泰平の世にあって武士だけが威張《いば》りくさることを、父はばかげていると考えていたのだ。

役人は己の立場しか考えない。すべてが前例主義。幕府の組織は膠着《こうちゃく》していた。

そこで父は町民や農民の活力を引き出そうとしたのだ。

平たく言えば町民や農民が華美に暮らすことを奨励したのだ。そして化政《かせい》文化と呼ばれるかつてない爛熟期を作り上げた。

その弊害に怒っているのはわかる。

だが、水野の倹約令はこれに一気に水をかけるものであり、民を混乱させるだけではないか。

西の丸派はそれを言っているのだ。

そんなことを考え、なりえは薄暗くなるのを待って、松の木から降りた。不意に殺気を感じた。

この殺気。芝大神宮の参道で感じたものに似ている。

──何者かっ。

なりえは飛んだ。家斉の子としてなりえを産んだ女御庭番の母から習った飛躍の術である。

紅葉山文庫の屋根に降りる。

紅葉山の外れ、道灌堀《どうかんぼり》との境にある城壁に忍び装束の者が見えた。伊賀者か？

なりえはただちに手裏剣を投擲した。

腕を掠《かす》めたようだ。よろけて道灌堀のほうへと落ちたように見えた。なりえはすぐに追った。

城塀を越え、堀に飛び込む。

潜った。水は澄んでいるが、あいにく陽が落ちていた。前方に泳ぐ足が見えた。速い。忍びの頭巾が解《ほど》けている。息継ぎに上がったようだ。

なりえも上がる。だが忍びは素早く道に上がり駆け出していた。

堀の水面《みなも》に朝顔の形をした折り紙が浮かんでいた。

女？

なりえはそれを拾い、天保座へと戻った。

三

「せっかく三島まで来たというのに、引き返すのかよ」

桜井真太郎は不精髭を撫でながら、浪人衆の頭目である乃坂紀助《のさかきすけ》に聞き直した。

「さきほど早駕籠で桐原様からの使者が来た。事態が急変しているということで、さるお方の三田下屋敷に行くことになった。たっぷり金子も届いた。船で」

桜井は品川宿の梅安寺で芝居者ごときに打ち負かされたせいで、東海道を引き返したくはないようだった。

「俺は江戸には戻りたくねぇなぁ。酒に酔ってうっかり斬っちまった侍の妹に狙われているんだ」

そのせいで表向き放逐《ほうちく》されたのだ。

「仇討ち状も持っていない女子《おなご》などどうにでもなろう。斬り捨てればよいだけじゃ。我らも手伝うぞ」

乃坂はすでに他の者たちに荷物をまとめるように言っている。

「たかが女ひとりに助太刀は要《い》らぬわ」

桜井は重い腰を上げた。

ここは三島宿の空き寺であった。

浪人たちは旅の途中で攫った百姓の娘三人を女郎に仕立てて淫売《いんばい》をさせたり、本堂で盆を張り、いかさま賭博で旅の衆から金子を巻き上げたりして暮らしていた。

『出来るだけのらりくらりと旅をしろ。松之助をうまく隠しながらな』

江戸家老、桐原正善から、そう言いつけられていた。正直、ここにいる侍たちにとってはありがたかった。

浪人を装っているが、解雇された桜井を除けば、実は全員駿河田中藩の徒士格《かち》である。

徒士格とは臨時雇いの武士である。ほとんどが農民の出で、多少剣術や学問に優れた者に士分が与えられるのだ。

根っからの武士である上士たちには『太刀よりも鍬《くわ》が似合うわ』と馬鹿にされる日々である。

この度の旅もあくまで江戸家老、桐原正善に裏金を渡され、公《おおやけ》には出来ない役目についているに過ぎない。

無事に国許に戻り、松之助を、同じく桐原派の上士に引き渡したならば、われらの役目は終わる。そこから先は上士たちの手で松之助に武家の作法を仕込むことになるらしい。

したがって誰も、早々に国許になど帰りたくなかった。

こうして堂々と無頼を装って旅をしていたほうが楽しい。特に徒士格ながら剣の腕の立つ乃坂や桜井はそうであった。

「まぁ江戸に戻ったら、俺はどこぞの商家の用心棒の口でも探すさ」

桜井も六合徳利の口を開け、呷るようにして呑んだ。ずっとむしゃくしゃしたままだ。桜井は貧農の家に生まれたが、村の寺子屋で読み書きの覚えが早く、近くに住む隠居した元番方侍から剣術を教わると、その腕も上がった。

その御隠居の推挙もあり、百姓の倅たちで組む徒士格組に入ることが許された。主に城下の警護である。

だが徒士格に昇進はない。どれだけ腕を磨いても知識をつけても、城内の役に就けることはない定めであった。

生まれ持った家の格によって行く手が決まってしまう人生である。さりとて鍬で畑を耕していても何かが切り拓《ひら》けるわけでもない。

悶々《もんもん》とした日々を過ごしていたとき、江戸家老の桐原正善から江戸上屋敷の番方衆に入るように呼ばれた。剣術の腕前によっては上士に取り立てるという話だった。

桜井は勇んで出府した。ところが、行ってみると江戸詰めの番方衆というのは、桜井が太刀打ちできるような腕の持ち主たちではなかった。早くから江戸の名門道場に通い、師範代級の腕を持つ者たちがずらりと揃っていた。要は屋敷での稽古の際の打たれ役として呼ばれたわけだ。

むしゃくしゃする日々である。毎日勝てない相手と対戦し、竹刀《しない》で、とはいえ滅多《めった》打《う》ちされるのだ。気持ちはさらにすさんだ。

毎日、浅草田原町界隈に出かけ、酒を飲んでは絡むのが癖になった。役方の侍に絡むのだ。所詮奴らは武士とはいえ、剣の腕はたいしたことはない。商人のように算盤の腕を上げて出世していくのだ。

腹が立った。殴ると楽しかった。気持ちが歪んでいたのだ。

上州下邦藩の勘定方高倉主水と出会った日も同じであった。身なりと言い、物腰と言い、武士とは思えない品の良さであった。

わざわざ、隣に座り、笑顔で会釈してきた。

馬鹿にされたような気がしたものだ。

高倉は蕎麦を頼むと、風呂敷を解き、算術の書を開いて読み始めた。

当て擦《こす》りされているような気にもなった。

その振る舞いのすべてが、貴殿とは育ちが違う、と言っているように思えたのだ。駿河田中藩本多家の家中の者だと名乗り、酒を一杯奢《おご》れと絡むと、高倉はいやな顔をして、そそくさと出ていった。

このとき、日頃の鬱憤《うっぷん》がすべて出てしまった。頭に血がのぼってしまったのである。

気がついたときは高倉の背中を袈裟《けさ》斬りにしていた。武士として、してはならない背後からの闇討ちである。

悔いたがいまさらしかたがない。恨《うら》むならば幕府を恨めと思った。江戸家老が目付の調べからは逃してくれた。遡った日付で解雇したことにし、武士ではないとしてくれたのだ。

ならば町方の調べを受けるかと言えば、斬った相手が武士でもあり、うやむやになった。蕎麦屋には家老から相応の見舞金が渡ったようだ。その代償がこの人攫いであった。

「三《さん》の浦《うら》港に向かおうぞ」

乃坂が一同に声をかけた。

「あっしは海の船は苦手でござんすが」

青に盲縞《めくらじま》の着物と揃いの羽織を着た松之助が、眠たげな顔で言う。売り物の女郎三人と朝からさんざんやっていたようだ。

桜井はこの男を叩き斬りたい衝動に駆られた。大身の商家の若旦那として育ち、放蕩《ほうとう》の限りをつくしていたはずなのに、攫われた今も丁重に扱われている。

しかもこの男、士分を与えられ、相応の役に就くのだという。乃坂も詳しく知らされていないようだが、家老からはとにかく丁重に扱えと命じられている。

豪商が士分を買う時代だそうだ。

この男もその口であろうか。

御家人株であれば三百両（約三千万円）。三百石級旗本株であれば六百両（約六千万円）から八百両（約八千万円）。もちろん幕府の許可は要るが、御家人株などは近頃投げ売りで、百五十両（約千五百万）ぐらいでも株はあるそうだ。

安い俸禄で生涯を終えるよりも、さっさと士分など売り払い、それで得た金で貸家を建て大家になったほうが気儘《きまま》という武士も多い。

一方、溢れるほどの財を手にした商人は、名字帯刀《みようじたいとう》を得ることを名誉とする。金上侍《かねあげざむらい》だ。とはいえ御城勤めをするわけではなく、士分を得てもなお彼らは商売を続けるのだ。

士分を得ることで商いの看板に箔《はく》がつき御用商人として大名家や旗本家への出入りがしやすくなる。また高家《こうけ》などの茶会にも武士として参加でき、さらなる人脈を広げられるのである。

武家地に住むことも叶った。

これは武士と町民、百姓の入れ替え施策になり、身分差をなくすものともいえた。とはいえ、それは金次第の世ともなる。

松之助のような商家の若旦那はなんにでもなれるのである。ある意味、大名の若君よりも贅沢な人生だ。

癪《しやく》に障《さわ》る。桜井は何もかもがいやになり始めていた。

「だったら、おめぇさんは泳いでいくかい」

ついつい乱暴な口もききたくなる。

「桜井っ。松之助さんにぞんざいな口をきくなっ」

乃坂が厳しい声を上げた。

「すまぬ」

ここで癇癪を起こしては、また外されるだけである。三島くんだりで、放逐されてはたまらない。

四

昼過ぎ、空き寺を出た。

曇りだった。

松之助を乗せた町駕籠を囲む浪人、総勢二十名である。背後を腰紐を付けられた三人の女たちが引きずられるように歩いていた。寒空だというのに、長襦袢《ながじゅばん》一枚だけである。

「この女郎の始末はどうする」

願人《がんにん》坊主の装束をつけた島田郁人《しまだいくと》が、女たちの紐を牵きながら乃坂に聞いた。

「そこいらの飯盛旅籠に売っていこう」

「そうだな」

三島宿は箱根峠を越えた麓《ふもと》にあることもあり、江戸からの旅人にとってはまさにひと息つく宿場である。

品川宿と同じか、それ以上に色街の匂いが強い。飯盛旅籠と妓楼がずらりと並び、農兵節《のーえぶし》に謳《うた》われる三島女郎衆が真昼にもかかわらず、街道にずらりと並んでいる。

白粉《おしろい》臭い通りだ。

桜井は眼を擦った。実際、白い粉が飛んでくるのだ。

「売ると言っても、直接妓楼に行っても相手にしてくれまい。女衒の鑑札がないからな」

島田が面倒くさそうにいう。

「蛇《じゃ》の道は蛇《へび》という。そこいらに地の者がおろう」

乃坂は角にある口入れ屋の前にうろうろしているやくざ者のほうへ顎をしゃくった。一家の印半纏を着たやくざが、通りに立つ女郎たちに睨みをきかせていた。

「女はいらぬか。証文もある」

乃坂が唐突に声をかけ、胸元から書状を取り出した。勝手に作った証文だ。

「なんだ、浪人」

やくざのひとりが片眉を吊り上げた。

「箱根の山で百姓から頼まれて買った。けれどわしらは女衒ではない。そっちで引き受けてもらえんか」

そこで島田が女を引っ張り出した。嘘だとわかっているのだが、女たちはもはや意志をもたなくなっていた。

「いくらだ」

やくざが女たちを見定めながら聞く。

「わしらはひとり一両（約十万円）で仕入れた」

「三人纏めても一両なんて出るか。ここには女が溢れているんだ」

やくざは足元を見てきた。

「わしらはこれから、港に降りる。路銀の足しになればいくらでもよい」

口入れ屋は東海道と下田《しもだ》街道の角にあった。乃坂が下田街道を指さしていう。

「なら、三人で二朱（約一万二千五百円）だ。港でたらふく刺身でも食いなよ」

やくざが袂《たもと》に手を突っ込み一朱銀を二枚取り出してきた。

「おのれ、馬鹿にしおって」

後方で見ていた桜井はもう限界だった。とにかく人に見下されるのがいやな性分《しょうぶん》なのだ。歩きながら酒を飲んでいたこともある。

気がついたときには刀を抜いていた。

「なにしやがる、素浪人《の》が」

やくざが三人飛び退き匕首を抜いた。

「桜井、よせ」

乃坂が声を張り上げたが、頭に血が上ったらもはや止まらない。

銭を握っていた男の額に太刀を振り下ろしていた。

白い空に真っ赤な血飛沫が上がる。

「うわぁあああ」

すると、口入れ屋の中から、やくざや用心棒と思《おぼ》しき浪人たちが飛び出してきた。真昼の斬り合いに女郎たちも悲鳴を上げた。

「桜井、なんということをしてくれたのだ。島田、女を放せ。銭などいらぬ」

乃坂が、桜井に加勢しようと柄《つか》に手をかけた浪人たちを制し、松之助の乗った駕籠を囲ませた。

「桜井。おまえとの縁もここまでだ。野垂れ死にになるがいい。行くぞ。女はくれてやる」

乃坂はそう叫び一気に下田街道を港の方へと降りていった。

「ふんっ、野垂れ死ににでもなるものかっ」

桜井はこれまでの鬱憤を晴らすべく刀を振り回した。無手勝流《むてかつりゅう》ではあったが、江戸上屋敷では、手練《てだ》れの武者たちと散々打ち合っている。

やくざや用心棒ごときなど敵ではない。

囲まれたが、すでに狂気のようなものにとり憑かれている桜井に用心棒の浪人も気圧《けお》されていた。

「三島宿を舐めるなよっ」

と浪人のひとりが斬り込んできた。上段から振り下ろしてくる。

「舐めてやるよ」

桜井は片膝をつき、刃先を水平に回した。

「ぐわっ」

浪人の脇腹が裂け、凄《すさ》まじい量の血飛沫が飛び出した。桜井を囲んでいた者たちが怯《ひる》んだ。じりじりと後退していく。

桜井の眼は獣じみていた。

「金だ。十両もってこいっ。さもなくば皆殺しだ」

目の前にいるやくざ、浪人を睨みまわした。

そのときだった。

直ぐ近くの平宿《ひらやど》の玄関から、女が走ってきた。おけさ笠に薄茶の小袖。背中に太鼓を背負っている。

門付け芸者か？

少し遅れて裁着袴の女がふたりついてくる。こいつらは背中に三味線を背負っていた。

桜井はよくわからなかった。地に片膝を突いたまま、見惚《みと》れてしまった。

——修羅場に三味や太鼓は要らねぇだろう。

ぐらいに思った。

女はぐんぐん近づいて来た。やくざや用心棒も首を傾げている。斬られて倒れている浪人は陸に打ち上げられた魚のように、びくっ、びくっと動いている。

「兄、高倉主水の仇、桜井真太郎、ご覚悟っ」

ぐさっと短刀が脇腹に刺し込まれた。女は相当、仇討ちの修行を積んだらしく、刺した短刀をそのまま横一文字に動かした。腹が裂けるのがわかった。最後に女は短刀を刺したまま、手を放してしまった。

それはねぇ。せめて抜いてくれ。

刹那、激痛に見舞われた。

「ぐぇええええっ」

桜井は悶絶《もんぜつ》した。誰でもいい、介錯《かいしゃく》してくれっ。

「とうっ、成仏《じょうぶつ》せいっ」

浪人のひとりが首の後ろに太刀を入れてきた。切れ味の悪い刀だった。

「くっ」

首は繋がっており、まだ意識はあった。だから痛い。

「この野郎、三島を舐め腐りやがって」

匕首を持ったやくざが三、四人、同時に刺してきた。

ちぇっ。やはりこんな死に方になったか。運の悪さを世間のせいにすると、己まで腐ってしまう。何処かでそんな気がしていたのだ。

生まれ変わったら、どんな境遇でも世間や他人を恨まず、懸命に生きていこう。そうしたら、もう少し運も開けるだろう。

桜井は眼を閉じた。三十二年の境涯だった。

「大御所と家定様のお命を狙うだと⁉　しかも家慶公を乱心に見せかけるなどとんでもねぇ」

和清は憤然となった。

五

天保座の楽屋だ。

眼の入っていない達磨がじっと和清を見つめている。意志のない顔だ。この達磨に両目が入り笑顔になったら、さぞかし和清の気持ちも晴れることだろう。

「窮鼠《きゅうそ》猫を噛むと言いますが、水野はまさにそんな心境のようです。どうしても大御所時代の奢侈の気風を取り払いたいのですよ。そしたら、なぜ大御所を狙わないのでしょうか」

なりえは父親のことをあえて大御所と呼んでいる。

「大御所は、水野の野心を見抜いている。こうやって御裏番を用意しているのもそのためだ」

「ではなぜ、大御所はそのことを家慶様、家定様に教えないのですか。そのうえで将軍たる家慶様に水野を罷免《ひめん》させればよいではないですか」

なりえは将軍をも兄上とは呼ばなかった。

「それが大御所の大御所たるゆえんだと思う。家慶公が将軍であれば、みずからそのことに気づかねばならない。天下を司《つかさど》るとは、そういうことだ、と言いたいのだろう」

この一年半ばかりの間に徳川家斉という人物に触れ、和清はそう感じていた。みずからが五十年かけて作り上げた御政道に照らし、不可と思うことには口出しするが、決して君主そのものの在り方を説こうとはしない。

それは家慶公がご自分で見出《みいだ》すべきものと考えているのだろう。

近頃、孫の家定様に接することが多くなったのは、ある意味薫陶しているように見せかけているはず、と筒井政憲から聞いている。そうやって本丸老中たちを慌てさせようとしているのだそうだ。

実際は女の身体の扱い方などろくでもないことしか教えていないようだ。

「ではなぜ大御所は自分が将軍だった頃に、水野を罷免しておかなかったのですか。野心家の水野がいつかは権力をわがものにしようと謀《はかりごと》を仕掛けるのは見えていたはず」

なりえの眼も怒りの光に満ちている。

「そこは難しい。幕臣として失点のない者を失脚させることは、将軍と雖《いえど》も出来ない」

征夷大将軍は天下人ではあるが、その意を汲んで実際に幕臣、諸大名を動かしていくのは、幕閣中枢の官僚たちである。

さらにいえば徳川家は諸大名の頂点にいるが、南蛮の絶対君主である王家とは異なる。

したがって諸大名を統制するために立てた武家諸法度《ぶけしょはっと》は、そのまま徳川家にも跳ね返ってくるのである。

みずからも法に従っていなければ、諸藩の反発を招く。

「だから、直接、闇裁きをする私たちがいるということですか」

「そういうことだ。だが、筒井様も俺も納得したことだけを裁く。無理筋は受けない。単なる政争であれば、御裏番の出る幕ではないが、家慶様を無理やり転覆させようというのであれば、この一件、闇に葬らねばなるまい」

「座元、芝居はどう作りますか」

なりえは前のめりだ。兄と甥の生命が掛かっているのだから当然だ。

「御城を舞台とするのも乙《おつ》じゃねぇか。天下祭りに天保座も潜り込む。筋書きはこれからよ」

和清は不敵に笑った。

「座元、もうひとつお話があります」

なりえが着ている小袖の袂に手を入れた。折り紙のようなものを取り出している。和清は息を飲んだ。

「昨日、御城で見かけた忍びの者、それも女のようでしたが、これを付けていたように思います」

「これは朝顔の形ではないか」

「そうです。ですから私もひょっとして、と思い」

天保座の中心にいる者たちにはすでにお蝶の特徴を話してある。

「お蝶がいつもつけている簪飾りに似ている」

「おそらくお蝶さんは同じものを幾つも作って、常につけているのではないでしょうか」

「だが、お蝶と忍びというのがわからない……いや、忍び？　そうか忍びか……」

和清は箱根の百姓家を思い出した。

あの家が忍びの隠れ家、あるいは隠れ蓑であったとすれば、お蝶と義父がそこにいたことに通じる。

お蝶が忍びになった。いや無理やり、させられたのかもしれない。

どういう筋の忍びかはわからない。忍びは幕府直轄の者ばかりとは限らない。諸藩にも忍びはいる。

異国船がたびたびやってくるようになり、藩によっては自力で防衛せねばならなくなっている。そうした藩にとって江戸での間諜は重要で、独自に忍びを育て、江戸で暗躍させたりもしている。

ふと箱根の百姓家にあった書物が水戸に由来することを思い出した。

「なりえ、水戸学についてわかるか？」

「はい。攘夷を強く推し進めようというもので、当代藩主斉昭様はそれに傾倒しております」

さすがは御庭番、水戸のことにも精通していた。

「弘道館なる藩校をたてようとしているようだが」

筒井が言っていたことを思い出した。

「はい、水戸学の拠点にしようとしているのではないでしょうか。いずれ今より開国の機運が高まる時に備え、斉昭様は尊王《そんのう》攘夷の精神を広めようとしています。学問は次の世の人づくりにあるとか」

「尊王はともかく、攘夷が大御所の考えにも沿っているな」

「そうですね」

とはいえ、お蝶との繋がりは判然としない。ただ生きているということだけは、間違いなさそうだ。そして御裏番となった和清をどこかで見守っている。

そんな気もしてきた。

「筒井様の所に行ってくる。天下祭りに紛れ込む算段を相談してこようと思う」

和清は立ち上がった。

「私は、もう一度御城へ忍びこんできていいですか？」

なりえが珍しく懇願《こんがん》するような眼をした。

「あまり深追いするではないぞ。天保座が御裏番であることが知れてはまずい」

「はい、でも私は家族なので、いろいろ考えるところがあります」

その気持ちはわかる。和清は頷いた。

さてさて、筒井と相談し、綿密な筋立てを考えなければならない。まずは、この度の謀略を潰して、達磨に片目を入れねばならない。

六

その夜。なりえは本丸中奥へ忍び込んだ。

将軍家慶は大奥には行かず、中奥の寝所で休んでいた。天井から見る将軍は小柄で、顎が長かった。

――まぁ、ことしで四十七歳だ。大奥で頑張る歳《とし》でもあるまい。

なりえは息をひそめ、天井の板を一枚外して、すっと家慶の枕元に舞い降りた。

近習《きんじゆう》が近くにいるはずだが、気づいてはいないようだ。

泰平の世。

誰も将軍の寝所の天井から賊が入ってくるとは思わないだろうが、それにしても呑気《のんき》なものだ。大奥のほうがよほど厳重であろう。

「兄上」

耳もとで、そっと声をかけた。

「ん？」

将軍は目を開けて擦った。

「曲者《くせもの》っ」

と叫びそうになったので、その口に手を当てた。将軍は噎せた。

「妹でござる」

「んがっ」

なりえは父家斉から遣わされた印籠を見せた。葵の御紋である。

「中に証拠が」

将軍が受け取り印籠の蓋を開ける。小さく折りたたまれた文が出てくる。家斉直筆の文だ。直接家斉を知る者しか読めない筆跡だ。

「これは」

「ちゃんと書いてあるでしょう」

小声で言う。そこにはこの文を持つ者は娘だと書いてある。生誕の時期もきちんとある。

「二十も下か。父上も盛んすぎる」

ぼそっと言った。

「やりすぎだわよね。だから姫にしてくれなかった。多すぎたみたい」

「不憫《ふびん》じゃのう」

とそのとき、襖の向こうで声がした。

「上様、いかがなされた」

近習らしい。

「いやっ、独り言だ。入るでない」

「ははっ」

近習が下がる音がする。

「そういう兄上も、気がつかないお子がいる」

なりえは耳もとで喋り続けた。家慶は顔が大きい分、耳も大きかった。

「なんとっ」

「すでに十九、家定様より上でござる」

そう言うと、兄は口を押さえた。

（えぇぇえぇえぇえっ）

という言葉を飲み込んだのである。動揺はわかる。語るには長すぎる話なので、要点をまとめた書状を渡した。

「お春……呉服の間のお春。覚えておる。男子とは」

驚いている。

「長幼の序列が狂いますよね」

「あぁ、それは露見すれば大変なことになる」

「でもお春さんは、お世継ぎにすることなんて望んでいないの。ねぇ兄上、会ってみない？」

「出来るのか？」

「弥生《やよい》の桜祭りにうまくお連れします。ですから決して飲み過ぎないでくださいね。雪隠《せっちん》に行くと言って、出てください。そこからはこの妹がうまくやります」

なりえはそう言い、天井裏へ戻った。

とにかくその日、酒に酔わないように仕向けたらいい。

他にも難問がある。二の丸の家定様の命を徐々に縮めようとする麻島配下の侍女たちをどう始末するかだ。

これに対する策はない。

そしてもうひとつ、祭りの混乱に乗じて、西の丸に忍ぶ者を阻止せねばならない。父に伝えても、逃げるような真似はすまい。

「それを仕留めてこそ御裏番だろう、かっかっかっ」

と高笑いするだけだ。ねじ曲がった性格の父であり、だからこそ五十年もの間権勢を誇ったのである。

第六幕　満願

一

青空に春風舞う穏やかな日であった。

「わっしょい、わっしょい」

「そーれそーれ」

桔梗堀《ききょうぼり》を渡った大手門《おおてもん》の前が騒然となった。

日頃は武士たちでごった返すこの門に、この日ばかりは法被《はっぴ》に捩《ねじ》り鉢巻、腹掛け、股引《ももひ》き、地下足袋《じかたび》という職人姿の男たちが大挙して押し寄せているのだ。その数五百。

神輿がなければ百姓一揆《いっき》だ。

「やいやい、山王は下がれ、下がれ、神田が先でぇ」

神輿を先導している神田明神の連中が大きな団扇を振り回しながら気炎を上げた。

「なんでぇ、なんでぇ、先に爪先《つまさき》を突っ込んだのは俺たち山王だ。ふざけんじゃあねぇ」

山王神社の衆も黙ってはいない。

門を入る段で、このありさまだ。一触即発。誰かと誰かが胸倉をつかみ合えば、そこから大乱闘になるだろう。

「待て、待て、喧嘩神輿は御庭に入ってからだ」

門の前にいる番方侍が叫んでいる。

それを素直に聞く神田でも山王でもない。

今日は天下祭り、桜祭りと呼ぶより、喧嘩祭りとした方が早い。常日頃から、威勢の良さと男伊達《おとこだて》を競い合っている両社の神輿連中が、今日は正面からぶつかり合って押し競《くら》まんじゅうをするというのだ。

練り込みの段から殺気立っていて当たり前だ。

担ぎ手やそれをとりまく連中には鳶《とび》や火消が多い。

天下祭りの神輿の練り込みにはさすがに、鳶口《とびぐち》、棒の類《たぐい》は禁止した。武士でも刀を預けて上がる御城なのだから当たり前だ。

団扇だけは許された。だがこの者たちは、弁《わきま》えというものを知らない。団扇といったら役人は人の顔ぐらいの大きさか、せいぜい西瓜《すいか》ぐらいのものだと思うが、この者たちが持ってきている中には畳半畳ぐらいの大団扇まである。馬鹿ほど大きなものを持ちたがるというがその通りだ。

あんな大団扇でばんばん風を起こされたら、桜の花びらもひとたまりもない。

山王側の囃し方連中に混じっていた和清は呆れかえった。

「誰が、引き下がるかよぉ」

神田が肩をぶつけてきた。

「ざけんなよっ」

山王も肩を寄せる。双方五十人ぐらいが門の入り口で、こっちが先だと譲らない。大手門の幅より多い人数が肩をぶつけ合っているので、どちらも動きが取れなくなった。

壺に突っ込んだ拳を開くと、手が抜けないのと同じようなもので、埒《らち》が明かない。

「松吉さん、水を掛けてやってくれ」

和清は後ろについている松吉に声をかける。

「へいっ、合点で。意地っ張りに掛ける薬はこれしかねぇでしょう」

松吉が手にしていた六合徳利をいがみ合っている一団の真ん中らへんに放り込んだ。

誰かの頭の上でがしゃんと割れる。男が数人よろけて前にこけた。

「なにしやがるっ」

と怒鳴ったところで始まらない。隙間が出来たので、人波がどっと門内に躍り込んだ。

「わーわーわー」

「それそれそれ」

「わっしょい、わっしょい」

大手門を潜《くぐ》ったふたつの神輿は、さらに下乗門を越え、右手へと進んだ。二の丸方面である。

二の丸御殿前の美しい庭園が桜祭り会場で、そこには大きな舞台がしつらえられているはずである。

すでに花見踊りが始まっているようで、庭園のほうから賑やかな音曲《おんぎょく》が流れてくる。

柳橋《やなぎばし》、両国、向島《むこうじま》の芸者衆から選《よ》りすぐられたものが、舞を披露しているはずだ。舞台の前面で三花街から二名ずつ、都合六人の芸者が踊り、その背後で天保座の踊り衆が引き立て役を担うという寸法だ。

出し物は芸者なら誰もが踊れる定番『藤娘《ふじむすめ》』だ。六人が揃って踊る様子はさぞかし盛大であろう。

天保座は首尾よく紛れ込むことが出来た。

それというのも水野の命を受け、芸者や祭りの段取りを受け持ったのは南北、両町奉行所であった。

両奉行所の協議では、北町から芸者衆の他に本櫓三座から看板役者を呼ぶなどの案が出された。

これを筒井が潰し、強引に天保座を推したのだ。

もっとも北町もあっさり納得したという。

確かに三座では何かと揉めることは明らかだったからだ。

市村座、中村座、森田座の三座の競演など、神田明神と山王神社の競い合いがよりひどいものになる。

揉め事を起こしたい水野にしてみれば、そっちのほうがよかったかもしれないが、さすがに北町も、面倒くさいことは避けたいということだった。

控櫓の天保座ならば目立たず、控えめに芸者の踊りを引き立てる役に徹することが出来るということで、筒井が纏め上げたのだ。

幕間《まくあい》に雪之丞と団五郎で連獅子《れんじし》をやる。これも本櫓なら役者の組み合わせだけで揉める。まさか市川と中村の双方から右近《うこん》、左近《さこん》を出させるわけにはいかないだろう。

天保座の踊り衆の中から選ぶほうが簡単だった。

和清や裏方衆は神田と山王のそれぞれの衆の中に紛れ込んだ。どちらの社にも氏子は大勢おり、有力者も十人単位でいる。

御城への練り込みとなれば、担ぎ手や神輿の前後や周囲で騒ぐ囃し方になりたい者は大勢いる。選抜するのはその有力者たちだ。

どちらの社の有力者にも南町奉行所の息のかかった者がいた。それを手蔓《てづる》に、和清たちは囃し方に紛れたのだ。

ということは同じ手をつかって、ここに紛れ込んでいる者がいるはずだった。

和清は目を光らせた。振り向くと、

――いた。

山王側の神輿の真横にいた。

大きな団扇で神輿の担ぎ手を扇いでいる男、あれは駿河田中藩の浪人に違いない。和清が半月殺法でやった男だ。

伸びてむさくるしかった月代もいまは綺麗に剃り上げられ、髷は武士のものではなく、町人風に小銀杏《こいちょう》にしてある。それに職人風の衣装を着ていたので、これまでわからなかった。

浪人のほうも和清には気づいていないだろう。

和清とておよそひと月の間、役になり切るため、大道具の半次郎に所作を仕込んでもらったのだ。

いまはどう見ても大工だ。

一緒に歩いている松吉は普段通りだ。根っからの花火職人だ。いまも法被の袂には、火薬球が二個入っている。

いよいよ神輿は二の丸庭園に入った。

初めて見た。

前にも一度、西の丸の庭に行くために城内に入ったことがあるが、そのときは夜だったので、この庭園を眺めることは叶わなかった。

さすがは小堀遠州の築庭だ。

目を奪われる美しさだ。特に緑の草と白砂の調和のさせ方が素晴らしい。

が、そのぶん庭の中央にしつらえられた舞台が俗物の塊《かたまり》に見えた。

いや、これは似合わない。

こんな気品あふれる庭に、紅白の垂れ幕と造花で飾った舞台を設営させるなど、ありえない。

広重の風景画に春画を重ねるようなものだ。和清は自身が芝居者であるにもかかわらず、憤慨しながら歩いた。

神輿は舞台の脇へと進んでいく。上手側に神田、下手側に山王の神輿がそれぞれ就く。踊りのお囃子に合わせて、わっしょい、わっしょいは続いていた。

和清は周囲を見渡した。

舞台はもちろん、庭のあちこちに天保座の御裏番が散っていた。

雪之丞はすでに女形になって、御殿女中たちの背後に紛れている。団五郎は旗本の装束をつけていた。なりえだけが別なところに行っている。

――さあて、ぼちぼち、大芝居だ。

野暮天の庭舞台などでは演じず、御城を舞台に見立てて、動き回る。

題して『満願成就』。

――さぁ、悪党ども覚悟しやがれ。

和清は水野と駿河田中藩江戸家老、桐原正善がいないか、目を動かした。見える辺りにはいなかった。

だが、同じ山王神社の囃子方に紛れている浪人が動いた。徐々に舞台の裏側へと歩んでいた。

「松吉さん、ここで俺は離れる。段取り通りにやってくれ」

「合点でさぁ」

和清も神輿を離れた。

舞台の上では三花街の芸者が『元禄《げんろく》花見踊り』を始めた。この日にふさわしい華やかな踊りだ。

二

「こっちだ」

乃坂紀助が舞台裏の控え小屋に入ると、仲間の島田郁人が手招きしてくれた。

小屋は八畳ほどで、芸者の道具箱や三味線、扇子などが雑然と置かれている。同じような小屋が五つ用意されているのだ。

島田は中間《ちゅうげん》のような恰好をしているが、中間ではない。両国芸者の箱屋《はこや》になってこの場に潜り込んでいたのだ。箱屋とは一本立ちしている芸者に雇われて道具箱を持って付き添う商売だ。

用心棒も兼ねている。

この男も願人坊主のむさくるしい恰好から、粋な男衆に化けている。お互いこんな恰好になってみると下級武士などしているよりも、よほど町人のほうが性にあっていると感じていた。

元は百姓で、懸命に学問と剣術を学び士分を与えられた。だが所詮は徒士格だ。言われるままに下働きをするしかなかった。

しかしどうだろう。

町人に成りすまし、乃坂は山王神社近くの口入れ屋の男衆に、島田は両国芸者の箱屋として働いてみると、これがなかなか稼げる。

どちらも江戸家老の桐原様の手で町人として人別帳に入れてもらった。

町人は武士と違い才覚ひとつで、どうにでも生きていける。

江戸に戻り、水野様の三田下屋敷に松之助を預けると、乃坂と島田は家老から市中に潜り込むように命じられたのだ。

松之助のことは残りの浪人衆、約十五人で見張っている。いや見張っているというより、世話をしているといったほうが正しい。

「着替えはここにある」

島田が風呂敷包みを出した。

開けると連獅子の衣装が入っていた。乃坂のは白獅子の鬘だった。

「すぐにわしも着替えるぞ」

島田も赤獅子の鬘を取り出した。

この恰好になり、舞台の上で騒ぎを起こすのだ。

「天保座の踊り衆をふたり殺《や》らねばならないな」

本来この役をやるはずの芝居者たちだ。天保座とは因縁《いんねん》がある。品川宿の梅安寺で不覚をとったのだ。

仕返しをすべくめった斬りにしてやるつもりだ。出来ればあのとき妙な剣捌きをした座元もやりたいものだ。

「間もなく降りてくるぞ」

連獅子の衣装はここに置かれているからだ。

「やった後はどこに置く？」

「あの黒い葛籠に入れる。騒ぎが起こると、神田の神輿のほうに紛れている三人が神輿と一緒に運び出すことになっている」

島田が帯を解きながら言う。

乃坂は股引きから脱ぎ始めた。太腿のあたりがぴっちりで脱ぎにくい。片脚を脱いだときだ。

勢いよく板戸が開いた。

——早すぎる。

まだ上で『元禄花見踊り』の音曲が鳴っているではないか。

「いろいろ化けなきゃならんようで大変《てえへん》だな」

鳶の恰好をした涼し気な顔の男が入ってきた。大きな団扇をもっている。見覚えがある。

この男こそ梅安寺であった天保座の座元ではないか。

「貴様っ」

「天保座の座頭、東山和清よっ。前にも会ったよなぁ」

「おうよ。おまえをぶった斬りたいと思っていたところだ」

乃坂は片脚しか脱いでいない股引きを引きずりながら、並んでいた三味線のひとつを取った。長唄用の細棹《ほそざお》だ。海老尾《えびお》を握り、東山のほうへ胴部を向けて振った。胴部が飛んでいく。棹の尖端が刃になっていた。小刀ぐらいの長さだ。

和清の額を打った。

「おっとっと」

和清が飛び退いた。乃坂はその隙に片脚に絡まったままだった股引きを脱いだ。

乃坂は刃の付いた三味線の棹を中段に構えたまま、勢いよく前に飛び出した。

和清の胸を抉《えぐ》るつもりだ。

「ふんっ」

相手は小馬鹿にしたような顔をし、大きな団扇で煽《あお》ってきた。三味線を叩き落とされた。挙句に顔に大きな風を受けて面食らった。煽られたとき何か粒も飛んできた。顔に粒が貼り付く。

「なんだこりゃ。ふぇぇ〜」

乃坂は大きなくしゃみをした。続けて何回もする。くしゃみって、きつい。胸も腹も痛くなる。

「それは唐辛子だ。磨《す》り潰したもんだ。うっ」

小屋の片隅に退避していた島田も噎せている。

「それだけじゃねぇ」

と和清はぱっとまた何かを投げつけてきた。薄茶色の粉だ。顔にばさったと掛かる。

「うわぁあああ、ふぇっくしょん、ふぇっくしょん」

「くぞぉ」

島田が胸襟から匕首を取り出し、和清の背中を狙った。だが和清はすぐに振り返り、島田の顔にも粉を放った。

「んんがぁ。なんだよぉ。こ、胡椒《こしよう》なんて卑怯《ひきよう》すぎる。あんまりだ。こんな戦い方はねぇ。わぁあ眼がいてぇ」

島田が泣き叫んだ。胡椒が眼に入ったようだ。

見ている乃坂も、もうくしゃみをしすぎて体力を使い果たしていた。噎せて咳も続いている。咳もし過ぎると、立っていることも出来なくなるほど体力をつかう。

最悪の状態だ。

乃坂はその場にへたり込んだ。

「こちとら武士じゃねぇ。無宿の役者稼業、卑怯もへったくれもねぇんでな」

「やめろぉおおお」

和清が鼻の穴の中に胡椒を摺《す》り込んできた。

「うわぁあああ」

と開いた口に、唐辛子をどっさり入れられる。乃坂はげぼげぼと噎せた。喉が焼けるように痛い。

島田も同じことをされていた。

「頼むっ。水をくれ。死んでしまいそうだ」

乃坂は泣きながら頼んだ。こんな目に遭うなら刺殺されたほうがよほどましだ。

「桐原正善は何処に隠れている。言えっ」

和清は袂から真っ赤な生唐辛子を出している。何本も握った。あんなものを食わされたら、本当に死んでしまいそうだ。

「今ごろは二の丸の裏御門前かと」

「上様を殺《あや》めるつもりか」

「まさか。今日の神田と山王の神輿喧嘩で勝ったほうに出される褒美千両を、掠めるつもり。金は本丸の勘定方が荷車に載せて運んでくる。ご家老とわが藩の精鋭たちが騒ぎに便乗して横取りすることになっている」

「御老中は承知の上のことかっ」

「水野様がそうせぇと。騒ぎはそのために起こすのだと」

すべて白状した。我らは、そう聞かされているのだ。家慶様を御乱心とし、大御所様と家定様も亡き者にしてしまえば、幕府内はしばしの間、混乱する。

その隙に水野はことを有利に運ぶために裏金を配る気なのだろう。

我らふたりは連獅子を踊りながら、神田と山王の双方に石礫《いしつぶて》を投げ、本気の喧嘩を起こさせる役だった。

家慶様が御乱心と騒がれた直後にやるはずだったが、これはどうなろう。もはや誰かに報せている間もなさそうだ。

「なんと。神田と山王は本気でぶつかり合おうというのに、卑怯なっ」

と怒りに満ちた顔をした和清が、真っ赤な唐辛子を何本も口の中に放り込んできた。どっちが卑怯だというのだ。

「辛いっ」

そう叫んで乃坂は絶命した。たぶん島田も同じ責めに遭うのだろう。芝居者のやることは非道《ひど》すぎる。

三

御城で桜祭りが始まろうという刻限。三田の水野忠邦下屋敷では、松之助が庭を眺めながら大欠伸《おおあくび》をしていた。

贅《ぜい》を凝らした庭で、中央には滝が流れている。それでも松之助は眠たげだ。

「ああ退屈だ」

いかに風流を凝らした庭とは言え、それを眺めているだけの暮らしでは飽きてしまう。

——武士の暮らしとはなんと退屈な稼業か。いやなこった。

昨年の暮れ、湯津大当寺の境内で富籤の引き当てを見物していたところ、喧嘩に巻き込まれて、気づけば無頼浪人たちに攫われた。

怖かったのは事実だが、呉服屋の若旦那としての暮らしにも飽き飽きしていたので、ちょうどいい怖さだったかもしれない。

なまくらな生き方をしていると、ときに『生きていなくともいいや』などという思いも浮かんでくるものだ。

『死にたい』ではない『生きているのも面倒くさい』という自堕落《じだらく》の極みのような思想だ。

苦労がない、というのは本当に退屈なことなのだ。

ところがこの浪人たち、攫っておいて丁重に扱うのだ。

むさくるしい恰好をしているだけで、松之助への対応は、太鼓持ちの庄助と変わらない。

庄助は富籤をどうしたろうか。

富籤はちょうど半分まで突き刺したあとに、大騒動になってうやむやになってしまったのだろうから、いくらかは払い戻しになっただろう。

庄助の小遣いになればそれでいい。

――あっしがいなくなって、困っているのは庄助ぐらいであろう。

それとも幇間《ほうかん》としてあらたな主人を見つけたか。

店のほうはなんともないはずだ。もともと父は商売について修業をさせてくれなかったし、母に至ってはわざわざ風流人になることを勧めてくる始末だ。

無頼者に攫われて、むしろ清々としているのではないか。

だから身代金など払うわけはない、とさんざん言ったのに、奴らは薄笑いを浮かべるだけで、扱いの丁重さは変えなかった。

ちっとも無頼ではないのだ。

というより、この浪人たち、ひとりを除いて、実はかなりちゃんとしている男たちばかりのようだ。

無頼を働くのは、外に出かけて稼ぎをするときだけで、塒《ねぐら》に戻ると、一転して規則正しく、質素な暮らしに徹していたのだ。

特に朝は剣術の稽古に余念がなく、結びに梅干しなどの質素な昼飯を摂ったあとは、それぞれが書物を開き、学問に集中するのだ。そして夕刻になり、食い物が足りぬなどの事情があれば狼藉《ろうぜき》を働きに出るのだ。

そうした中でも松之助に対しては、日に三食、上げ膳、下げ膳の気配りようだ。湯浴みもさせてくれる。三日に一度は湯を沸かし、盥《たらい》に入れて運んできてくれるのだ。

浪人たちは寒風のなかでも水を被っているというのにだ。

「退屈だろう」

と松之助にも書物を回してくれた浪人もいた。乃坂紀助と名乗る浪人だった。

「身体がなまるだろう」

と軽い剣術を指南してくれたのは島田郁人だ。

「女はどうだ」

と攫ってきた農家の娘を宛《あて》がってくれたりもした。最初は遠慮したものの、となんでもなくすれた女たちだったので、それならばと、いただいた。

よくよく聞けば女たちのほうから浪人たちを誑《たぶら》かしてきたという。

人は見かけによらない。

無頼の極みに見える浪人たちは、実は事情があって人攫いなどをして放浪の旅を続けているが、ひとりひとりは有能な侍のようなのだ。

そしていかにも貧しく憐《あわ》れに見えた農村の娘三人は、実は旅人を色気で誑かして、巾着や印籠など金目の物を奪い取る阿婆擦《あばずれ》だったのだ。

浪人の中にもどうしようもなく酒癖の悪い者もいた。

桜井真太郎だ。

他の者がひたむきに剣術や学問に向かっているのに、あの浪人だけ拗《す》ねていた。

「どうせ先は見えている」

が口癖で、酒を飲むと誰彼かまわず絡みだし、常に乃坂や島田から注意されていた。

三島宿で大騒ぎがあった。松之助は駕籠の中で、よくわからなかったのだが、下田《しもだ》街道を半日駕籠に揺さぶられ、三の浦の湊についたとき、桜井真太郎はいなかった。

三の浦湊から弁財船で江戸まで運ばれた。米俵や雑穀《ざっこく》の袋と共に揺られたが、何度吐いたかわからない。

海船には弱いのだ。

芝浜沖で平船の迎えがあり、三田まで運ばれた。たどり着いたのがこのやたら庭の広い屋敷だ。

大名の下屋敷だという。

聞きかじりだが大名屋敷というのは、だいたいにおいて上屋敷は家臣たちと共にお役目の場であり、中屋敷は主に家族と過ごす別邸。子息、子女は中屋敷で育てられることが多いらしい。

そして下屋敷だが、これは趣味、道楽のための屋敷である場合が多いという。幕臣など、束《つか》の間《ま》は激務から離れ、下屋敷で宴を催したり、茶会を開いたりする。そんな屋敷であるらしい。

この屋敷はいずれ当主の隠居処となるらしいが、いまはめったに使われていないという。幕府の要人で、下屋敷で茶会などやっている暇はないらしい。

松之助はここに幽閉《ゆうへい》されてひと月になる。広大な屋敷で、浪人たちの他に中間や小者、侍女もいるので、不自由はない。

茶人と称する老人がやってきて茶室で嗜《たしな》み方を教えてくれたり、十日前などは庭にしつらえられた舞台で狂言の催しがなされた。

「なんなら能でも舞ってみませんか」

などと侍女が言ったりする。

昨日は昨日で和歌の進講を受けた。これまでも嗜まぬこともなかったが、松之助はどちらかと言えば川柳《せんりゅう》、狂歌《きょうか》を得意とする。

だがこと和歌の進講を受けるにあたり、これは母、お春の陰謀ではないかと、思いが至った。

かねがね商売は弟の梅次郎に継がせ、松之助には若隠居を勧めていた母のことだ。強引にそのことを推し進めて来たと考えれば辻褄が合う。

金ならある『高縞屋』だ。浪人を雇うなどわけなく出来る。

そしてとうとう松之助はある結論に達した。

――たぶん、俺は武家に養子に出されるのだ。

そう、高縞屋には金はある。その気になれば士分も手に入れられる。しかしその程度のことで喜ぶ高縞屋ではない。

大身旗本と閨閥《けいばつ》になる。

二千石級の旗本でも、その台所事情は苦しいという。世子のいない旗本もいる。そこで豪商の子息を養子にとり、金の援助を受けるという手が生まれた。

豪商のほうも金で買った士分ではなく、養子になった倅が、幕府で出世すれば商いも大繁盛することになる。

たとえば老中首座水野忠邦の生母の実家は日本橋の上菓子屋『風月堂《ふうげつどう》』で、幕府要人はこぞって進物に風月堂の菓子を用意すると言われている。

しかし他家への養子は常の事として次男、三男の役目のはず。

――俺にはそんなに商才がないってか？

と嘆《なげ》きたくもなる。

そしてここで暮らしてみる限り、大名や旗本の暮らしは退屈極まりない。

――あ〜いやだ。大名なんてなるもんじゃねぇ。

商家の若旦那で市中をふらふらしているのが一番だ。個々の浪人たちや中間、小者もよくしてくれるけど、やっぱ庄助がいい。あの腑《ふ》抜《ぬ》けた感じがいいのだ。

ここにいる者たちは、皆しっかりしている。つまらない。いい加減な者ほど、味があるものだ。

「ん？」

松之助は庭のど真ん中にある築山《つきやま》から池に注ぐ滝に目をやった。滝の中から人が現れた。

まさかね。これも余興か？

水飛沫《みずしぶき》を上げてひとりの女が駆け寄ってくる。忍びの装束だ。

「松之助さんですね。お話が」

女は濡れ縁の前に跪《ひざまず》いた。

「お話がって……急に言われてもね。その恰好も、お話が、っていう感じじゃないでしょう。お命覚悟っ、とかそういう感じだけど」

「いいえ、そうではなくて。ここから出ていただきたくて」

「へぇ〜？」

なんだかよく意味がわからなかった。

「松之助さん、急ぎます」

「それはそっちの事情でしょう。あっしは急いでいないから」

言うと女は苛立った顔をした。

「噂の通り面倒くさい男だわねぇ。だまって叔母《おば》さんの言う通りにおし」

いきなり頬を張られた。こんなことをされたのは初めてだ。

「叔母さん？」

そんな年上には見えない。せいぜい五、六歳上。

「私、なりえ。あんたの実の父の妹。だから叔母さん」

「さっぱりわからねぇ」

「わからなくてもいいから、さぁ、逃げるわよ」

「って、どこから？」

「こっち」

と腕を取られた。

ぐいぐい引っ張られ、池を漕《こ》いでいく。滝の中に入った。

「ひゃっこいっ」

「くそな甥だわね。あんた十九でしょ。童子《わらべ》じゃないんだから、いちいち文句言わないで」

滝を潜ると、穴があった。隧道《すいどう》のようだ。

「この屋敷の仕掛けみたいよ。このまま外に繋がっているの」

若い叔母が肩を怒らせながら走っていく。速い。血がつながっているとは思えない俊敏《しゅんびん》さだ。

松之助は五間ぐらい走ったところで、息切れし倒れ込みそうになる。

隧道を抜けると浜の手前の土手道に出た。いわゆる隠し隧道だったようだ。

「あっち」

浜を指さす。勝手な叔母さんだ。

猪牙船が浮かんでおり、屈強の船頭がふたり待機していた。

「あの叔母さん、どこまで行くんですか」

「日本橋から道三《どうさん》堀、そこから和田倉《わだくら》堀、桔梗堀へ進んで、内桜田《うちさくらだ》で上がる」

「それいったいどこですか」

「この船頭さんたちの腕なら半刻（約一時間）とかからず着くけど、みちみち話すわ。あっ、日本橋でお春さんの船とも合流するから」

「母が？」

やっぱりそうか。

これは、どうやら養子縁組先に連れて行かれるようだ。

「まいったなぁ。もうちょい、町で遊んでいたかったなぁ」

と、松之助は揺れる船の上で、大きなため息をついた。

忍びの頭巾を脱いだ叔母のなりえが目を剝いた。

「あんた、どこまで、聞かされてんのよ」

怖い。この叔母さん、浪人たちよりも怖い。

和清は連獅子の右近である白獅子の鬘を被って走った。後ろを赤獅子の左近役の団五郎が追ってくる。

四

乃坂たちから奪ったものだ。

庭園を警護していた二の丸御書院番の侍たちが怪訝な顔をしていたが、二の丸の二階から突如《とつじょ》家慶公が顔を出し、ふたりに笑顔で手を振ったので、警護の侍たちはこれを芝居の一環と見た。

二の丸庭園から北側の塀を伝い、二の丸大奥の脇を抜け、汐見《しおみ》二番櫓の前についた。

まだ騒ぎは起こっていない。騒ぎを起こすはずのふたりがいまは葛籠の中なので、起こりようがないのだ。

庭のほうから笛の音が聞こえてきた。

いよいよ神田と山王が正面からぶつかり合う。相手の神輿をひっくり返したほうが勝ちだから、これは相当な激突となろう。

戦《いくさ》のない世でうっぷん晴らしになる。城中の侍や茶坊主たちも賭けをしているようだ。

前方に侍のひとかたまりがあった。十人ほどだ。桐原正善率《ひき》いる駿河田中藩の番方侍たちであろう。

おそらく催事につき特別警護要員として入城させたものとみられる。老中首座の鶴のひと声でそんなことはどうにでもなろう。

駿河田中藩は譜代の本多家が治める、いわば天領のような地。そこの家中となれば信を置けるとでもなったのだろう。

当主、本多正寛はまったく知らないようだ。

「団五郎、首尾はいいな」

「はい島田の声音《こわね》はお任せください。さきほど小屋の側で聞いておりました」

赤獅子の鬘を被った団五郎が笑う。両国の見世物小屋で軽業師だった団五郎は声音を変える芸も学んでいた。怪しい見世物小屋には、さまざまな芸人がおり、学ぶ機会があったという。

お互い白塗りに赤と黒の隈取《くまどり》をしているので、似たような顔をしていた。つまり、乃坂と島田も同じような化粧をしてしまえば、傍目《はため》には誰だかよくわからないのだ。

和清と団五郎はそれぞれ、乃坂と島田に背丈も似ていた。

「ご家老っ」

団五郎が島田の声音で声をかけた。

「どうした。おまえは島田か」

桐原正善が訝し気な目を向けてきた。

「はい、いまさっき水野様からの使者という方が舞台裏にやってきて、金を運ぶ勘定方の警護は百人組の甲賀者に任せることになったと」

「なんだと。百人組は百人番所詰めではないか」

「はい。ですが本日は大名登城日ではなく、神輿の将軍拝謁ゆえ、表門の用はないと。それで甲賀がまわることになったのですが、忍び装束を着るということで。まぁそのほうが町人には受けますし、忍び装束ですと怖いという印象も与えられるからだそうです」

「ならば、われらはここから引き下がらねばならなくなる」

「これをお持ちしました」

団五郎が言い、和清が風呂敷包みを示した。和清は出来るだけ桐原と眼をあわせないように下を向いていた。

「ご家老はともかく、番方にはこの甲賀の忍び装束を」

と天保座の衣装を差し出す。

「なんと太刀もあるのか」

桐原が驚嘆の声を上げた。

御城内では帯刀禁止である。すべての武士は脇差《わきざし》だけで入らねばならない。それは城郭内の庭や通りでも同じこと。

警護の侍以外、太刀を持ち歩くことは許されない。

「いや、これは芝居用の小道具でございます。刃ではなく竹に塗り物をしただけ。重みを付けるために鞘《さや》に鉛《なまり》を少々足してあるとか。天保座の小道具係から借りてきたものでございます。真の甲賀者も太刀は背負っておりますが」

「なるほど。それならば、御書院番に問われても見せれば済むこと」

「さようで。間もなく報奨金を載せた荷車がやってきます。我らは早速、舞台に戻り騒ぎを起こします。真の甲賀者が到着する前に、騒ぎ立てましょう」

和清と団五郎はすぐに引き返した。

いや引き返す、ふりをした。直ぐ近くにある人気《ひとけ》のない番所に隠れて、桐原たちの様子を伺った。和清はここに自分の得物を隠していた。

――着替えている。桐原までが着替えている。

白獅子の鬘を被ったまま和清は腹の底から湧いてくる笑い声を必死で堪えた。おかしくておかしくてしょうがない。立派な侍たちが、大急ぎで忍者の黒装束に着替えている様子は滑稽《こっけい》でしかない。

口に犬笛を咥えて、騒ぎを起こす時期を待った。この笛を吹けば、松吉が火薬球を投げる。

そこからが大騒動だ。

「わっしょい。わっしょい」

「それ、それ、それ、潰せ、潰せ」

神田と山王がぶつかり合っている声がどんどん大きくなってきた。

五

――上様の酒が進んでいない。

麻島は少し苛立っていた。

二の丸御殿、二階の窓辺だ。

「わっしょい、わっしょい」

「なんだ、なんだ、なんだぁ。こらぁ」

「こらぁとはなんだ。とっとと音《ね》を上げちまえよ」

「ううう、わっしょい、わっしょい」

眼下から地鳴りのような声が響いてくる。神田と山王が激しくぶつかり合っているのだ。身体を寄せ合い、どちらも相手の連中を押し倒そうとしている。神輿はぐらぐらと揺れているが、どちらも引けを取ってはいない。

第十二代将軍、徳川家慶は、自らの即位二周年を祝う桜祭りを眺めている。左右に大奥の中臈が侍《はべ》っていた。

奥から出て接遇するのは稀《まれ》のことで、事を弁えたふたりをつけてある。ふたりは巧みに酒を勧めているが、家慶は喧嘩神輿に夢中になっていた。

「町衆の活気は凄いな。武士は剣術の際に、みな静かに立ち向かうと聞いているが、町衆はああやって怒鳴り合うのだなぁ」

とようやく盃を呷った。飲みやすく芳醇《ほうじゅん》な灘《なだ》の酒が流れ込んでいったはずだ。酔いが回りやすくなるように漢方薬を混ぜてある。

いずれ悪酔いするはずだ。

舞台でも芸者衆の舞が終わり、いまは地方だけで長唄をやっている。

「連獅子があるはずなのですが」

麻島は背後から静かに声をかけた。連獅子が出てくるまでに、へべれけにせねばならない。

中臈ふたりはそのことを知っている。

いったん連獅子が舞台に上がったならば、いつまでも頭をぐるぐる回しているわけにはいかない。

町民たちが大勢見ている前で、上様の醜態《しゅうたい》をさらけ出したならば、一気に石を投げ、大混乱を引き起こす。

江戸城内で本丸、二の丸、西の丸が大騒ぎとなったところで、家定様にも大御所様にもいなくなっていただくのだ。

わらわの後見役である水野様は二の丸書院に控え、いまかいまかとそのときを待っているはずだ。

「連獅子とは赤と白の獅子が、頭を振って毛を回す踊りじゃな」

家慶はまた盃を口にもっていった。

「そうでございます」

と右側の中臈が自ら頭を振って見せた。

「面白い。そなたも呑め」

「はい」

中臈は盃を受ける。潰れるのは覚悟のうえだ。事が成就すればさらに引き立ててもらえることになっている。

「上様も、回してみては」

左の中臈がけしかけた。

そうだそうだ、その酒を呑んで、頭を振ったら一気に酔いがまわるだろう。麻島はほくそ笑んだ。

「たわけたことを」

家慶は乗ってこなかった。

左右の中臈が頭を回したのでかなり虚ろな目になってしまった。

「少し、酔いが回ってきた」

家慶の顔は真っ赤になっている。

「能など舞ってはいかがでしょう。芸者の舞や喧嘩神輿を眺めながら、上様がここから能の舞をお見せしたら、きっと町民たちの喝采を浴びるのでは」

なんとか狂っているような様子を見せねばならない。いま立ち上がったならば、ふらつくはずである。

――どうだ乗ってくるか?

麻島は必死であった。

喧嘩神輿は徐々に神田が押し始めていた。山王の隊列がわずかに崩れ始めている。これは急がねばならない。

「それも一興じゃな。民は余の舞などよろこんでくれるだろうか」

家慶は立ち上がった。ふらついている。

――しめたっ。

麻島は色めき立った。

「先に雪隠《せっちん》に行ってくる。舞の支度を頼む」

家慶が近習に、そう命じた。立っていても上半身が揺れている。雪隠で倒れられては元も子もない。

「上様、麻島がお供いたしまする」

「ならば頼む」

家慶が麻島の肩に摑まり、よろよろと歩き始めた。小姓《こしょう》が立ち上がった。

「よい、麻島がついてくれるならば、それでよい。今日はこの二の丸が大奥だ」

嬉しいことを言ってくれる。

麻島は家慶と共に廊下に出た。二の丸は本丸と違い、表《おもて》というものがない。すべては将軍家の居住用である。警護の御書院番はいるが、今日は多数が庭に出ていた。

常に護りを固めていなければならない。本丸からは番方を回せないからである。

誰もいない廊下をよろける家慶を支えながら歩いた。

雪隠処が見えてきた。

「ここからはひとりでよいわ」

「お待ちいたします」

家慶が戸を開けて入っていく。麻島は座して待機することにした。

不意に背後に殺気を感じた。

振り向く。美しい女が立っていた。中臈のような恰好をしている。

「誰じゃっ」

「大奥総取締役、雪島《ゆきしま》、とても申しておきましょう」

男の声に聞こえる。

「何者じゃっ」

麻島は胸から短刀を取り出した。が、それより早く、打ち掛けの襟を絞められ、引き上げられた。やはり男だ。力がまるで違う。女形に襟を絞められたまま、雪隠の向かい側にある納戸に連れ込まれる。

口にたくさん綿を詰められた。声が出ない。女形に襟を絞められたまま、雪隠処の向かい側にある納戸に連れ込まれる。

女形の眼は昏《くら》かった。伊賀者か甲賀者。あるいは黒鍬《くろくわ》衆か？　そうした者たち特有の光のない眼だ。その名の通り、雪のように冷たい眼だった。

口から綿を抜かれたと思いきや、一升瓶の口を宛がわれた。ごぼごぼと酒が入ってくる。

麻島は息継ぎが出来ず、何度も酒を噴き出した。それでも女形は一升瓶の口を離してはくれない。

とうとう瓶は空《から》になったようだ。多少こぼしたが、ほぼ一升呑んだことになる。

いったい自分がどうなってしまうのか、わからなかった。

するとと女形に両手でこめかみを押さえられ、激しく揺さぶられた。頭がくらくらした。天地が揺れて見え、すべてのことがおかしくなってきた。おのずと口から笑い声がこぼれる。

「あははは」

それを聞くと女形は、にやりと笑って出ていった。

六

「兄上、お春さんですよ」

叔母のなりえがいきなり母を紹介した。

松之助は声も出なかった。

目の前に立っているのは、たぶん将軍、徳川家慶。たぶんと思うのは、将軍など見たことがないので、わからないのだ。

だいたいよりによってここは雪隠処の前室なのだ。

長屋が一軒すっぽり収まるような前室だが、便所の前であることにかわりはない。

ここで対面かよ。なりえ叔母さん、もうちょっと場所を考えて欲しかった。

「そして、こっちが松之助さん」

あっさり紹介されてしまう。松之助は頭を下げた。それよか立ったままでいいのか?

「厳密に言うと、こちらが四男ということになるわね。家定より三つ上だし」

「そうか、そのほうが松之助か。よう顔を見せぇ」

将軍が両手で俺の頰を撫でてきた。庄助に言っても絶対に信じてくれないだろう。

三田の浜からここまで来る間に、叔母がいろいろ話してくれたが、そんな話、信じようがなかった。

『あんた将軍の子なの。十三代目継ぐ気ある?』

って、なりえ叔母さんに聞かれても『ある』なんて言えるはずがない。

日本橋の橋の下で母が待っていたのにも仰天した。つまり本当の話だったのだ。

おもわず『父さん、知ってんのか?』と声を荒らげてしまった。

そして親父がすべてのみ込んでいたと聞き、涙が出た。俺は父親と言えばあの人しかいないと思っているからだ。

「松之助を将軍になどしたくなかったので、私は何も言わずに宿下がりさせていただきました。申し訳ないことをしたと思っています」

母が詫びている。

「でもそれがお春さんの意志だったのですね。大奥でお子が出来たと知れたら、母親の意志なんて聞いてもらえない。お春さんは自分の子供に窮屈ではない別な道を歩ませたかった」

叔母さんが将軍を諭《さと》すように言う。やたら強気の叔母さんだ。というか、この人、将軍の妹。本来は姫君だ。

「そうだな。他の道もいいだろうな」

将軍が羨ましそうな顔をした。

松之助はどうしてよいのかわからなかった。

「いまさら、御城に取り上げないでくださいませんか。私は一切口外しません」

母がきっぱりと言った。

ようやく松之助にもこの十九年の育てられ方の訳がわかってきた。母はとにかく、松之助が目立たず、しかも放蕩息子に見せかけようとしたわけだ。

日本橋高縞屋の跡取りとなれば、いずれ御用商人として幕府要人と接しなければならないときも来る。そんな時、ふとしたことから出自が発覚することを恐れたのだ。

だから最初《はな》から風流人への道を進ませようとしたわけだ。

「松之助、そなたの気持ちを聞こう。神君家康公の遺訓に従えば、余はそちを世子にせねばならない」

繁文縟礼《はんぶんじよくれい》。武家はすべてにおいて先例に従わねばならないという縛りの中で生きている。

将軍とて、いや将軍だからこそ、それに従わねばならないのだろう。

「町の民でいたいです。いなかった子にしていただけませんか」

そう言い切った。

「いいのだな」

「はい。いまさら横入りなんてしたくないです」

「まぁ弟想いね」

叔母さんが言う。そうかそういうことか。俺、次期将軍の兄貴なんだ。

「では松之助。辞退料として千両（約一億円）用立てよう。とりあえずはお春に預ける。己の行く手が見えたならば、そのために使うがいい。それと、ここにいるなりえを通じてならば、力を貸す。余にはそれなりに力がある」

「ははあ」

松之助はひれ伏した。目の前にいるのは将軍で己は町人という自覚がいまはっきりと現れた。

「麻島様っ、御乱心、大奥上臈、麻島様、御乱心」

小姓が走り回っている声が聞こえてきた。

「では、これで決まりね。兄上、お戻りください。喧嘩神輿もここからが見ものです」

「うむ、戻ろう。なりえ、そなたがくれた酔《よ》い醒《ざ》ましの薬草、よく効くのう。まったく酔わなかった。そして芝居も楽しかった」

将軍は出ていった。松之助にはよくわからない話だった。将軍が出ていき、すぐに戸が開き、上等な着物を着た女が現れた。

「ここからはわっちが案内します」

男の声だった。天保座の女形のようだ。

「うん、雪さん、このふたりを頼むわ。あたいは家定を見てくる」

叔母は走った。口に笛を咥えて走っていった。

「あの、瀬川雪之丞さんで」

恐る恐る聞いた。江戸でも噂の名優だ。

「そうだよ。品川宿でも一瞬見かけたんだよなぁ。あのとき救っていたら、こんな面倒なことにならずに済んだんだよな。さぁ行こう」

犬笛の音が風に乗って聞こえてきた。和清と団五郎は互いに頷き合った。天保座の座員は犬笛の音を聞くこつを身につけている。

ちょうど本丸側から勘定方が荷車に千両箱を積んでこちらに向かってきた。勘定方四人に本丸御書院番が付き添っている。

和清も犬笛を吹いた。

これで松吉が火薬球を投げて、大騒ぎを起こす。これで水野が考えた策略のすべての裏を搔くことになる。

すぐに二の丸御殿の向こう側で轟音《ごうおん》が鳴り、罵声《ばせい》も上がった。これを自分たちが仕掛けた騒ぎと勘違いした桐原正善一派が、千両箱を載せた荷車に向かって飛び出していく。

「われらは百人組甲賀者。これより先その荷車、引き受けまする」

忍び装束の桐原正善が両手を広げて待ったをかけた。

「なんだ、お前らは？」

と御書院番が荷車の前に飛び出してきた。脇差に手をかけている。

「我ら百人組が表の警護でござる」

「そんな恰好をした百人組がいるかっ」

「いやこれは、芝居者に紛れる衣装、刀も竹光に白銀を塗り込んだもの」

と桐原が抜いて見せた。

——間抜けめ。

和清はあざ笑った。確かめなかったおぬしらは大間抜けだ。

「うわっ。ご城内に太刀を持ち込んでおるとはっ。ええい、であえ、であえ」

御書院番が笛を吹いた。犬笛ではない。ぴぃっーとよく響く笛だ。

桐原が抜いた太刀は真剣である。

「違う。これは違う」

桐原の眼が大きく見開かれ、頬は引き攣っている。

「ご家老っ、これは謀られたのでは」

家来が言っている。が、そこに事情の知らない数人の鳶職らしい恰好をした男たちが駆け込んできた。

「ご家老、早くっ。どさくさに紛れて出る手筈《てはず》は整えてあります。おかしなことに、連獅子が始まる前に誰かが火薬球を使いました」

神田と山王の神輿衆に紛れていた浪人たちだ。同じ駿河田中藩。

「なんだとぉ」

と桐原は眼球が飛びだしそうなほど驚いている。

ぴぃーぴぃーと鳴る笛の音で、本物の百人組がやってきた。

百人組は、二十五騎組、伊賀組、根来《ねごろ》組、甲賀組の四組あり、それぞれに文字通り百人の兵がおり、城内でも帯刀が許され槍や棒を持っている。その中から雪之丞がかつて所属した甲賀組の三十人ほどがやってきたようだ。

「町人に紛れて、押し入った盗賊だ。構わん斬り捨てよ」

御書院番が叫ぶと、百人組の三十人が一斉に襲い掛かっている。前面の十人は長槍で迫ってくる。後方の兵たちもみな抜刀していた。御書院番は邪魔になってはならぬとばかり、さらに後方へと退いている。

「くっ、我ら一党は老中首座、水野忠邦様の命によって、ここにおる。水野様が町人の中に盗賊が混じっていると聞き、内々に我ら駿河田中藩にご依頼にきたのじゃ。我が主君は奏者番、本多正寛様よ」

　桐原が懸命に抗弁をしはじめた。忍びの装束の上半身を脱いで、中に着ている着物の家紋を見せようとしている。

「たわけたことを。水野様、本多様からそのようなことは一切聞いておらぬ。出《で》鱈目《たらめ》を言うのもいい加減にせい。だいたい名門、駿河田中藩の御家中がそのような仮装などするわけがない。ええい、上様や御老中に気づかれぬうちに、早う、斬り捨てよ」

　最後尾から御書院番が命じると百人組の長槍隊が、一斉に槍を突き出した。

「うわぁあああっ」

　桐原の身体に十本の槍が突き刺さる。

「うううっ。まさか、このような仕打ちに会うとは。麻島、天祐尼、話が違うではないか。くそ、こんな恰好で死ねとは、御老中は我らを見放したのか」

　視線の定まらないまま、桐原は譫言《うわごと》のように言い、刀を中段に構えた。刃先がふらふらしている。

　十本の槍は胴や背中に刺さったままだ。

「ええいっ、ええいっ」

桐原が出鱈目に刀を振り回した。

長槍隊の後方にいた侍たちが抜刀して前に躍り出てくる。

「その首、飛ばしてやる」

「なんのっ」

駿河田中藩の精鋭たちも、これまでと見たか、全員が刀を抜いた。

何《いず》れも小道具ではなく真剣であった。ただし業物《わざもの》ではなく数物《かずもの》である。

「ご家老っ、我らにお任せをっ」

「おぉっ、百人組だろうが、御書院組だろうが斬り捨てよ。我らには、うっ、くそっ、はうぅ……水野様がついているはず……」

桐原は息も絶え絶えになっていた。

駿河田中藩の精鋭十名が、甲賀百人組に斬りかかっていく。刃がぶつかり合う音が幾つも上がったが、所詮、太刀の造りが違った。

駿河田中藩の謀反人たちの刀はまっぷたつに折れ、つぎつぎに斬り殺されていく。勝負は呆気なくついた。

辺りは屍骸《しがい》だらけとなった。

「おいっ、百人組、もういい。刻限だ。荷車を持っていく。屍骸の始末は坊主衆が手配する。おぬしらも門に戻れ」

御書院番のひとりが叫んだ。

「おうっ」

百人組も去っていった。報奨金の荷車は、御書院番に守られ、ごったがえす二の丸庭園のほうへと向かっていった。

「ううう」

桐原は地に両膝を付けたまま、倒れずにいた。その眼はかっと見開かれ、去っていく報奨金の荷車を見据えている。

「往生際の悪い奴だ。介錯してやるっ」

番小屋から和清が飛び出した。地を蹴り、宙で刀を抜く。空に白獅子が舞った。

「桐原っ。成仏《じょうぶつ》せいっ」

桐原の首を思い切り刎《は》ねた。

「ぐえっえええ」

青空に桐原の顔が舞う。悪の塊《かたまり》が空を飛んでいるようだ。

――これは絵になる。

和清は着地と共に刀を鞘に納め、そんなことを思った。

すでに報奨金を載せた荷車は見えなくなっている。庭に着くころだろう。

「俺たちが、いただくさ」

和清は胸底で嘯《うそぶ》いた。

半次郎たち大道具衆が同じような千両箱を十個持参してきている。どさくさに紛れてすり替える。

松吉がやたら煙が出る火薬玉を十個も二十個も投げているので、城郭内は徐々に白い霧に覆われたようなありさまになっていた。

もはやすり替えなど容易《たやす》い状況だろう。


御伽坊主の天祐尼は西の丸裏御門からこっそり御殿内に入った。

これほどの騒ぎと煙幕を張ってくれたならありがたい。城内は混乱しきっているはず。たったいま西の丸の大御所を警護する番方もずいぶん飛び出していった。

西の丸は手薄になっている。

天祐尼にとっては勝手知ったる西の丸である。なにせ家慶様はここが長かった。麻島と共に天祐尼もここにずっといたのだ。

大奥側から入った。中を抜けて大御所の御用の間へ向かう。

廊下をひた走り、御錠口から出ようとしたときだ。

「うっ」

後頭部に痛みが走った。

針が刺さったような痛みだ。髪の毛がない尼僧の頭の後ろに手を回してみた。

簪が刺さっていた。

――そんなばかな。

髪の毛がないのだ。どうして挿せる？　触ったその手にべったり血が付いていた。

「誰じゃ」

天祐尼は振り返った。

御殿には似合わない婀娜《あだ》っぽい女が立っていた。手に櫛を持っている。

「婆さん、大御所を殺めようなんて、死罪だわね」

「何故、お前のような女がここにいる？」

「今日に限っては、町人も入れるんでね。剃髪には櫛はいらないんだろうけど、冥途《めいど》の土産に挿してあげるわ」

女の手が伸びて、頭のてっぺんに櫛を置かれた。

「えっ」

毛のない頭を剣山で刺されたような痛みが走る。

「じゃぁね」

女が櫛を抜いた。頭から血の雨が降ってきた。

天祐尼は御錠口の襖に背をつけたまま、ずるずると落ち、足を伸ばしたまま眼を閉じた。

七

「水野を逃したからなぁ」

和清は座元部屋で達磨を手に取りながら逡巡《しゅんじゅん》していた。御城での桜祭りの翌日のことだ。

「家慶様御乱心も、大御所や家定様のお命も救ったのですから、片目は入れてもいいんじゃないですか」

珍しく茶を運んできたなりえが言う。

「そうだよなぁ。麻島、天祐尼、桐原一派は葬ったことだし。よしとするかぁ」

「そうです。半次郎さんが千両箱も持ち帰ってきたことですし」

「だよな」

和清は達磨に片眼を入れた。

笑っているように、垂れ目にした。

「ところでなりえ、二の丸で家定様の寝所の行灯に粉を入れていた侍女は、狂い死にしていたってどういうことだよ」

昨日、闇裁きを終えて戻る道でなりえから聞いたのだ。

なりえは、あの騒ぎの中で、家定様の命を取ろうと侍女が忍んでくるはずだと、家定様の部屋に飛び込んでいった。

和清も同じ考えであったが、この際、阿片臭でゆっくり弱めるという策は、刻が掛かりすぎると考え、大御所ともども一気に、と考えたはずだ。

なりえは将軍親子の対面を済ませた後、機転を利かせて、すぐに家定様の居室に走ったが、そこに家定様はおらず、侍女が白い粉を口から溢れさせ息絶えていたという。

「誰かが先にやってくれたということだな」

「はい。そして部屋の隅にこれが落ちていたんです。まるで拾ってくれと言わんばかりに」

なりえが袂から朝顔の飾りを出した。

「お蝶……」

和清は卒倒しそうになった。

「家定を見守ってくれていたんでしょうね。帰りがけ家定を、書院の間で見かけました。体調が悪くなった様子は微塵《みじん》もなかったですよ。きっと行灯の油に混ぜられていた阿片も取り除いてくれていたのではないでしょうか。ねぇ座元、お蝶さんて、本当に同心の娘だったんですか」

なりえが渋い顔を向けてきた。

「う〜ん」

ただ呻るばかりの和清であった。

「座元、『梅乃湯』、貸し切りましたよ」

襖の向こうからお栄の声が入った。

「まぁいいか。まずは皆で湯だ。ひと仕事終えた後の汗を流そう」

箱根で買った手拭いを肩に掛けて、和清は立ち上がった。

初湯満願

一〇〇字書評

切り取り線

購買動機（新聞、雑誌名を記入するか、あるいは○をつけてください）	
□（　　　　　　　　　　）の広告を見て	
□（　　　　　　　　　　）の書評を見て	
□ 知人のすすめで	□ タイトルに惹かれて
□ カバーが良かったから	□ 内容が面白そうだから
□ 好きな作家だから	□ 好きな分野の本だから

・最近、最も感銘を受けた作品名をお書き下さい

・あなたのお好きな作家名をお書き下さい

・その他、ご要望がありましたらお書き下さい

住所	〒				
氏名		職業		年齢	
Eメール	※携帯には配信できません		新刊情報等のメール配信を 希望する・しない		

この本の感想を、編集部までお寄せいただけたらありがたく存じます。今後の企画の参考にさせていただきます。Eメールでも結構です。

いただいた「一〇〇字書評」は、新聞・雑誌等に紹介させていただくことがあります。その場合はお礼として特製図書カードを差し上げます。

前ページの原稿用紙に書評をお書きの上、切り取り、左記までお送り下さい。宛先の住所は不要です。

なお、ご記入いただいたお名前、ご住所等は、書評紹介の事前了解、謝礼のお届けのためだけに利用し、そのほかの目的のために利用することはありません。

〒一〇一－八七〇一
祥伝社文庫編集長　清水寿明
電話　〇三（三二六五）二〇八〇

祥伝社ホームページの「ブックレビュー」からも、書き込めます。

www.shodensha.co.jp/
bookreview

祥伝社文庫

初湯満願《はつゆまんがん》　御裏番闇裁《おうらばんやみさば》き

令和 7 年 1 月 20 日　初版第 1 刷発行

著　者　喜多川《きたがわ》 侑《ゆう》
発行者　辻　浩明
発行所　祥伝社《しょうでんしゃ》
東京都千代田区神田神保町 3-3
〒101-8701
電話　03（3265）2081（販売）
電話　03（3265）2080（編集）
電話　03（3265）3622（製作）
www.shodensha.co.jp
印刷所　萩原印刷
製本所　積信堂
カバーフォーマットデザイン　中原達治

Printed in Japan ©2025, You Kitagawa　ISBN978-4-396-35100-7 C0193